LA VEUVE IMAGINAIRE

CHRONIQUES DE RENCONTRES

LIVRE CINQ

DARCY BURKE

Traduit par
SOPHIE SALAÜN

Zealous Quill Press

LA VEUVE IMAGINAIRE

James Ludlow, comte de Rotherham, veuf, participe à une partie de campagne dans le but de trouver une mère pour ses deux filles, et sa première exigence est de ne pas tomber amoureux. Après avoir déjà éprouvé cette émotion pour sa précédente épouse, qui ne l'aimait pas en retour, il préfère un arrangement sans sentiments, et mutuellement bénéfique. Cependant, il rencontre une charmante veuve possédant apparemment de merveilleux instincts maternels, et il ne peut ignorer les étincelles qui jaillissent entre eux. Peut-être qu'un peu de passion ne serait pas si malvenue…

Tout le monde croit Charlotte Dunthorpe veuve, mais elle fait semblant de l'être. Lorsque sa chère amie l'invite à une partie de campagne, organisée par un couple d'entremetteurs, mais qui n'a pas pour unique but de marier les convives, Charlotte est tentée de se laisser aller à une brève liaison. À la place, le fringant Rotherham, un homme au grand cœur, lui offre la chance d'avoir la famille qu'elle a toujours voulue. Elle devra refuser, sous peine de dévoiler son terrible secret, et de provoquer la ruine totale de tout ce qu'elle chérit.

CHAPITRE 1

Octobre 1803

Dès que Charlotte Dunthorpe pénétra dans Blickton, l'élégant et vaste domaine où résidait sa chère amie Cecilia, lady Cosford, elle sut qu'elle n'était pas du tout à sa place. En fait, son malaise avait commencé lorsque la berline de lady Cosford était arrivée à Birmingham pour l'emmener à la partie de campagne. Tout cela sortait tout simplement du cadre normal de la vie de Charlotte.

C'était une chose d'être amie et de correspondre avec une comtesse, et c'en était une autre d'accepter une invitation à la partie de campagne de cette dernière. En particulier, une partie de campagne dont l'objectif était de permettre aux participants de nouer des relations romantiques, qu'elles soient temporaires ou permanentes.

Tandis qu'un valet de pied montait les affaires de Charlotte dans sa chambre, celle-ci suivit le majordome jusqu'au salon, où l'attendait Cecilia.

En dépit de son anxiété, Charlotte était très impatiente de voir son amie. Sa nervosité était due à son environnement, et au fait qu'elle allait passer la semaine suivante avec des gens qu'elle n'avait jamais rencontrés. La prendraient-ils de haut ? La trouveraient-ils médiocre ? Se demanderaient-ils pourquoi Cecilia l'avait invitée ?

Après avoir franchi le seuil de la grande pièce, magnifiquement décorée d'ors et de verts riches, avec des touches de bleu et de corail, Charlotte dut se retenir de scruter l'espace d'un air émerveillé. Au lieu de cela, elle posa les yeux sur son hôtesse, qui se leva immédiatement d'un canapé pour s'approcher d'elle avec un large sourire.

— Charlotte ! Cela fait bien trop longtemps !

Cecilia était sublime et élégante, et ses cheveux blonds étaient toujours coiffés à la perfection. Elle était aussi extrêmement gentille et généreuse. Elles s'étaient rencontrées dans un salon de Birmingham cinq ans plus tôt, et étaient instantanément devenues amies. Le fait que Charlotte soit veuve, que son ménage soit modeste et qu'elle n'ait ni famille ni relations n'avait pas eu la moindre importance pour la comtesse.

Elles s'étreignirent un long moment, et la jeune femme ne put s'empêcher de sourire. L'enthousiasme et le charme de Cecilia étaient toujours présents, même dans les lettres. La retrouver en personne pour la première fois depuis deux ans était un véritable cadeau. C'était la raison pour laquelle Charlotte avait pris son courage à deux mains et accepté l'invitation à un événement auquel elle n'était pas sûre de vouloir assister.

Cecilia fit un pas en arrière.

— Je suis tellement heureuse que tu sois ici ! J'espère que tu as fait bon voyage.

— Ta berline est extrêmement confortable.

C'était sans conteste l'équipage le plus agréable et doté

des meilleures suspensions que Charlotte ait jamais eu l'occasion d'utiliser. Certes, elle était rarement montée dans un véhicule au cours des dix dernières années où elle avait vécu à Birmingham.

— Merci encore de m'avoir permis de l'utiliser.

— Je ne peux pas insister pour que tu viennes à ma partie de campagne et ne pas m'assurer que tu pourras arriver jusqu'ici, déclara Cecilia en riant. Viens t'asseoir avec moi quelques minutes. Je suis vraiment ravie que tu sois la première à arriver. Cela va nous permettre de passer un peu de temps ensemble, sans interruption.

Charlotte la suivit jusqu'au canapé et s'assit, parcourant la pièce du regard.

— Blickton est magnifique, dit-elle, tâchant de réprimer son malaise.

Mais pourquoi devrait-elle le faire ? Cecilia était une bonne amie.

— Je t'avoue que je suis nerveuse à l'idée d'être ici.

Cecilia plissa brièvement, les yeux.

— À cause de la façon dont j'ai organisé la fête ? Tu n'es pas obligée de faire une rencontre. Amuse-toi, simplement, et fais connaissance avec tout le monde. J'ai invité une assemblée de gens adorables. Beaucoup de ceux que tu rencontreras deviendront des amis.

— Comme nous le sommes devenues, répondit Charlotte en souriant. J'ai failli ne pas être présente le soir de notre rencontre… C'était mon premier salon.

— C'est vrai ? J'avais oublié. C'était aussi mon premier… enfin, à Birmingham. J'étais arrivée seulement la veille, pour rendre visite à ma marraine. Et maintenant, regarde où nous en sommes. Notre amitié m'est vraiment précieuse. Tes lettres ne manquent jamais d'égayer ma journée.

— J'en suis ravie. Les tiennes font de même pour moi. J'apprécie de lire le récit des frasques de tes enfants.

Autrefois, Charlotte avait espéré en avoir, elle aussi, mais elle acceptait aujourd'hui le fait que cela n'arriverait probablement pas. À moins qu'elle ne veuille un mari, et elle n'était pas tout à fait sûre que ce soit le cas après dix ans d'indépendance. Ou peut-être était-ce simplement qu'elle s'était habituée à penser qu'elle n'aurait jamais l'occasion d'épouser quelqu'un. Mais en réalité, par-dessus tout le reste, c'était le mensonge qu'elle vivait depuis dix ans et le fait qu'elle ne *pouvait pas* se marier sans risquer de tout perdre.

Ainsi, elle resterait sans enfant.

— J'aurais aimé que tu les rencontres, mais ils ne sont pas là cette semaine, ce serait inconvenant, lui dit Cecilia en riant. Les garçons sont à l'école et les filles rendent visite à leur grand-mère. Puisque nous parlons de lettres, dans ta dernière, tu me parlais de la jeune Hilda. Que s'est-il passé avec elle ?

Charlotte accueillait de jeunes femmes, dont certaines étaient encore des jeunes filles, à la recherche d'un emploi. Elles étaient souvent seules au monde ou essayaient de ne pas être un fardeau pour leur famille. Charlotte leur offrait la possibilité de suivre une formation de domestique, en commençant généralement par l'arrière-cuisine, puis en apprenant d'autres tâches.

— Elle est toujours avec moi, mais je m'attends à ce qu'elle trouve un poste d'ici un mois ou deux. Si elle était un peu plus âgée, je pense qu'elle pourrait même suivre une formation de femme de chambre. La mienne lui a montré comment coiffer et entretenir ma garde-robe.

Sa garde-robe, telle qu'elle était. Charlotte vivait confortablement, mais sans excès.

— Vraiment ? s'enquit Cecilia, inclinant la tête. Crois-tu que cela la dérangerait de quitter Birmingham ? J'ai besoin d'une domestique à l'étage. Et, qui sait, peut-être deviendra-t-elle un jour la femme de chambre d'une de mes filles.

Charlotte fit de son mieux pour ne pas rester bouche bée. Hilda n'avait que seize ans, mais elle était brillante et enthousiaste.

— Vraiment ? Tu en serais plus que satisfaite.

— Si elle vient de chez toi, j'aurai de la chance de l'avoir. D'après ma marraine, tu as la réputation de former et de placer d'excellentes domestiques.

C'était la marraine de Cecilia qui les avait présentées cinq ans plus tôt dans ce salon.

— J'essaie simplement d'aider quelques jeunes femmes à obtenir des occasions.

Charlotte savait à quel point il était facile pour une femme de se retrouver dans des situations désastreuses, surtout quand elle n'avait jamais connu d'environnement stable. Sans famille ni moyens, que pouvait-elle faire pour se protéger et subvenir à ses besoins ?

— C'est incroyablement admirable, déclara Cecilia d'un ton chaleureux. Quand tu estimeras que Hilda est prête, j'aimerais beaucoup que tu l'amènes ici. Si cela ne te dérange pas de me rendre à nouveau visite. Tu pourras rencontrer mes enfants à ce moment-là.

— J'en serais ravie, répondit Charlotte, dont la nervosité s'était légèrement apaisée, même si elle restait anxieuse. Quel genre de personnes as-tu invitées à la fête ?

Elle ne voulait pas demander s'il y avait quelqu'un comme elle, car elle savait que son hôtesse se fichait des différences de statut.

— Quel genre de personnes ou de gentlemen ? s'enquit Cecilia avec un regard malicieux.

Elle n'attendit pas la réponse de son invitée.

— Il y a quelques hommes et femmes de la noblesse, mais aussi plusieurs roturiers, si c'est ce qui te préoccupe. Et aucun lord Sleaford, ajouta-t-elle d'un air conspirateur.

Charlotte se détendit davantage. Elle ne s'était pas

attendue à ce que lord Sleaford soit là, car elle savait que Cecilia ne l'appréciait pas. Ce qui prouvait son bon goût et son intelligence. Cet homme était un imbécile autoritaire et imbu de sa personne, et la seule personne capable de ruiner l'existence de Charlotte. Elle espérait ne plus jamais croiser son regard.

— Je vois que cela te fait plaisir, constata Cecilia. Bien que j'ignore ce que lord Sleaford a bien pu faire pour s'attirer tes foudres, j'imagine sans peine que c'est dû à son comportement de canaille prétentieuse.

— « Prétentieuse » est une excellente description, tout comme « canaille ».

Si Charlotte venait à le croiser un jour, elle espérait qu'il ne la reconnaîtrait pas. Elle, en revanche, se souviendrait toujours de ses yeux bleus, sombres et perçants, qui la scrutaient du haut de son long nez.

— Je peux te promettre que les gentlemen qui assistent à la partie de campagne ne sont pas de son acabit. Y a-t-il une chance que tu souhaites te marier à nouveau ? lui demanda Cecilia après quelques secondes d'hésitation.

À nouveau.

Ce simple mot racontait un énorme mensonge. Elle avait failli se marier, et l'aurait fait si son fiancé n'était pas mort prématurément, la veille de la lecture des bans. La situation dans laquelle elle s'était retrouvée avait nécessité son départ immédiat du seul foyer qu'elle ait jamais connu, Newark-on-Trent. Et c'était en partie à cause de lord Sleaford. Il avait proposé à Charlotte de devenir sa maîtresse le lendemain de la mort de son fiancé, le cousin de Sleaford. Il s'était montré offensif et il avait tenté de prendre des libertés, mais ils avaient heureusement été interrompus. C'était notamment pour mettre de la distance entre elle et Sleaford qu'elle avait quitté Newark-on-Trent et adopté une nouvelle identité.

Une fois installée à Birmingham, elle avait prétendu *avoir été* mariée. Cela avait été une fabulation nécessaire, au cas où elle porterait un enfant, et même s'il n'y avait pas eu de bébé, elle n'avait pas voulu revenir à ce qu'elle avait fui : la tristesse de perdre d'abord son père, puis son fiancé et la possibilité que Sleaford la force à devenir sa maîtresse. En outre, elle avait créé une vie merveilleuse pour elle-même et pour ceux qui dépendaient d'elle, à savoir sa maisonnée et les jeunes femmes qu'elle formait pour le service domestique.

Par conséquent, le mensonge était devenu la base de toute son existence. Rectifier cela maintenant ne servirait à rien et mettrait en péril tout ce qu'elle avait construit. Ce mensonge ne nuisait à personne, si ce n'est au sens de l'honneur de Charlotte, qui s'efforçait donc de mener une vie irréprochable et d'être aussi gentille et généreuse qu'elle le pouvait.

— Je ne crois pas être faite pour le remariage, dit-elle avec un petit sourire. Je suis très satisfaite de ma vie à Birmingham.

— Je comprends. D'une certaine manière, c'est assez enviable, remarqua Cecilia, les yeux pétillant de curiosité. Es-tu venue en quête d'une liaison, alors ?

— Je ne sais pas, répondit-elle.

Charlotte n'avait eu qu'une seule liaison au cours de la dernière décennie. Enfin, si une unique nuit inoubliable avec un fringant Irlandais pouvait être considérée comme telle.

— Je suis surtout là pour te voir.

— Et j'en suis vraiment heureuse, lui dit Cecilia, en lui tapotant la main. Si tu décides que tu aimerais… te faire plaisir, plusieurs gentlemen ici présents seraient enclins à répondre à tes attentes. Je dirais lord Pritchard, qui est veuf deux fois et dont les enfants sont presque adultes. Il y a aussi sir Godwin Kemp, un autre veuf avec des enfants. Son charme peut être légèrement… agressif, mais c'est un homme adorable. Je pense que M. Jacob Emerson est peut-être ta meilleure option. Il a quelques années de plus que toi, et il n'a jamais été marié. J'ignore s'il est ici en quête d'une épouse ou non.

Cecilia s'interrompit, arborant une expression pensive.

— Je ne sais pas non plus si lord Audlington est ici pour trouver une épouse ou pour nouer l'une de ses fameuses liaisons. Je pense qu'il essaie de laisser derrière lui sa réputation de séducteur.

Juste ciel ! Apparemment, elle avait plusieurs choix. Même si ce n'était pas ce que Charlotte recherchait.

Le majordome apparut dans l'embrasure de la porte.

— Lady Cosford, un autre invité est arrivé. Puis-je introduire lord Rotherham ?

Un gentleman entra dans la pièce, et, immédiatement, l'air autour de Charlotte changea. Il s'épaissit et se réchauffa, comme si elle était sortie par une chaude journée d'été où le soleil réchauffait tous les endroits ombragés, même ceux qu'il valait mieux garder cachés.

— J'espère que je ne vous dérange pas, lady Cosford, dit le gentleman avec un sourire que l'on aurait pu qualifier de diaboliquement séduisant.

Ses yeux, ronds et peut-être verts, bien qu'il lui soit difficile d'en être certaine à cette distance, semblaient sourire eux aussi. En fait, tout son visage, de son large front à son menton saillant avec sa légère fossette, rayonnait de joie, ce qui lui fit penser qu'il devait être une personne généralement heureuse.

— Absolument pas, Roth. Venez donc faire la connaissance de mon amie, lui répondit Cecilia en se tournant vers Charlotte. Voici le comte de Rotherham, mais nous l'appelons tous Roth.

Elle reporta ensuite son attention sur le comte.

— Permettez-moi de vous présenter ma très chère amie, Mme Charlotte Dunthorpe.

Le magnifique comte s'avança vers elles, sa haute

silhouette athlétique se mouvant avec une grâce naturelle et virile. Lorsqu'il s'inclina, ses cheveux blond doré se déplacèrent contre sa tempe.

— C'est un immense plaisir pour moi de faire votre connaissance, madame Dunthorpe.

Charlotte aurait aimé être debout pour qu'il puisse lui prendre la main. Elle était assise, mais devait-elle la lui présenter ? Elle en avait envie. Pour sentir les doigts nus du comte contre les siens.

Pourquoi Cecilia n'avait-elle pas mentionné Rotherham sur sa liste de partenaires de liaison possibles ?

Peut-être parce qu'il n'était là que pour trouver une épouse. C'était vraiment dommage.

Cecilia lui fit signe de s'asseoir près de Charlotte.

— Asseyez-vous, si vous le voulez bien, Roth. À moins que vous ne soyez fatigué et que vous souhaitiez vous retirer ?

— Pas du tout. J'ai très bien dormi au *Sheep and Dog* à Lutterworth.

— Parfait ! Car nous avons prévu un délicieux dîner pour ce soir, suivi d'une soirée dansante, annonça Cecilia, se tournant ensuite vers Charlotte. Roth est bien connu pour ses talents de danseur. Tu ne trouveras pas de meilleur partenaire.

Charlotte aimait tellement danser ! Hélas, elle n'en avait guère l'occasion. Lorsqu'elle participait à une assemblée, les gens l'ignoraient généralement, comme les jeunes femmes qui faisaient tapisserie, et les vieilles filles. Ce qui semblait logique puisque, en réalité, elle en était une.

Il la fixa de ses yeux étonnamment séduisants, dont elle pouvait maintenant confirmer qu'ils étaient verts. Plus précisément, ils étaient de la couleur des sapins que l'on trouvait dans la forêt lors d'une chasse à la bûche de Noël, à laquelle Charlotte n'avait pas pris part depuis qu'elle était enfant.

— J'espère que vous me réserverez une danse ce soir, madame Dunthorpe ?

— Ce sera un privilège, my lord.

— Roth, s'il vous plaît.

Il lui adressa un nouveau sourire, et le cœur de Charlotte, qui s'était déjà emballé lorsqu'il était entré dans la pièce, accéléra son rythme.

Elle remarqua les ridules qui se dessinaient autour des yeux de Roth. Elle estima qu'il devait avoir environ cinq ans de plus qu'elle, soit trente-cinq ans. Comment un homme aussi charmant avait-il pu rester aussi longtemps sans se marier ? Peut-être n'en avait-il pas vraiment envie, mais qu'il devait maintenant se soumettre à son devoir et donner un héritier à son comté.

— Comment connaissez-vous lord et lady Cosford ? l'interrogea-t-il. Je ne crois pas vous avoir rencontrée à l'un de leurs bals ou l'une de leurs soirées. Je me serais assurément souvenu de vous.

Charlotte esquissa un petit sourire, tout en plissant les yeux vers lui d'un air sceptique.

— Il se trouve que je n'ai participé à aucun de leurs événements sociaux et que nous ne nous sommes jamais rencontrés. Je me serais souvenue d'un gentleman aussi charmeur que vous.

Le comte rit doucement, presque avec une pointe d'embarras.

— Ce n'est pas vraiment ainsi que les gens me décrivent, généralement. Je voulais simplement dire que vous avez un visage des plus mémorables.

Les pommettes sculptées de Roth se parèrent d'une légère touche de rose.

Charlotte se serait bien excusée de l'avoir mis mal à l'aise, mais le majordome revint annoncer l'arrivée d'autres invités.

Cecilia se leva.

— Je suppose qu'il est temps pour moi d'assumer pleinement mon rôle d'hôtesse, déclara-t-elle, adressant un sourire
chaleureux à Charlotte. Je suis ravie que nous ayons pu
passer quelques minutes ensemble. Je vous en prie, restez
tous les deux, si vous le souhaitez. À mesure de l'arrivée des
invités, nous ferons connaissance ici. Ensuite, nous avons
prévu un jeu pour faire les présentations.

Elle haussa les sourcils d'un air impatient avant de se
rapprocher du majordome. Charlotte se tourna vers le
comte.

— Je n'aurais pas dû présumer que vous fleuretiez. Toutes
mes excuses.

— C'était peut-être le cas, même inconsciemment. Je
crains d'avoir quelque peu négligé mes compétences en ce
domaine.

— Est-ce pour cela que vous êtes venu ici ? s'enquit Charlotte. Pour les affiner à nouveau ?

Il y avait une légère pointe de séduction dans sa question.
Peut-être affinerait-elle aussi ses compétences, car elles aussi
étaient plutôt obsolètes.

Roth sourit.

— Effectivement. Je suis veuf depuis cinq ans et il est
temps que j'envisage un remariage.

Il était donc veuf et il était venu ici pour trouver une
femme. La déception envahit Charlotte. Une brève et
éblouissante liaison avec Roth aurait dépassé de loin toutes
les attentes qu'elle avait pour cette partie de campagne.

— Depuis combien de temps êtes-vous veuve ? s'enquit-il.

— Dix ans. Je n'ai pas été mariée longtemps.

Elle détestait tellement les mensonges ! En vérité, elle
était surprise de la difficulté qu'elle éprouvait à ce moment
précis, après s'y être tellement habituée au cours des dix
années précédentes. Elle avait cru être presque immunisée
contre les sentiments de honte et de frustration, non pas à

cause de ce qui s'était passé voilà dix ans, mais à cause de la situation dans laquelle elle se trouvait en tant que femme. Parce qu'elle n'avait pratiquement pas eu le choix. Elle refusait de regretter d'avoir choisi une vie d'indépendance, de confort, et surtout de sécurité. Son père l'avait élevée dans le souci de faire ce qu'il y avait de mieux, tant pour elle que pour ceux qui l'entouraient. C'était exactement ce qu'elle s'était efforcée de faire.

Les beaux traits du comte se marquèrent d'une inquiétude sincère lorsque son regard rencontra et soutint le sien.

— Je suis désolé que vous ayez perdu votre mari si tôt. Et dix ans, c'est long pour rester seule. À moins que… avez-vous un enfant ? J'ai deux filles.

Des filles ! C'était charmant. Bien que sa vie soit incontestablement plus facile parce qu'elle n'avait pas conçu d'enfant avec Sidney, elle regrettait parfois que cela n'ait pas été le cas.

— Je n'ai pas d'enfants. J'ai été seule, mais ne soyez pas désolé pour moi. Ma vie à Birmingham est bien remplie et satisfaisante.

— J'en suis heureux pour vous, lui dit-il d'un ton sérieux. Puisque vous êtes ici, puis-je supposer que vous avez décidé de ne plus être seule ?

Dit ainsi, Charlotte avait envie de répondre oui. Elle ne pouvait pas nier qu'elle se languissait de trouver un compagnon, à tous égards. Elle ne voulait pas se marier, bien sûr, mais elle n'aurait pas été contre l'idée de passer quelques nuits dans les bras d'un homme comme Rotherham.

— Cela reste à voir, répondit-elle timidement, parce qu'il le fallait. Mais je suis… ouverte aux possibilités de cette partie de campagne.

C'était suffisamment vague pour qu'il ne sache pas si elle envisageait ou non une liaison.

Une lueur d'impatience brilla dans les yeux de Roth.

— C'est formidable de l'entendre.

Charlotte se leva brusquement, cherchant désespérément un peu d'espace pour respirer. Le comte avait perturbé son équilibre et elle avait besoin de se reprendre.

Il se leva à son tour.

— Je vous prie de m'excuser, my... je veux dire, Roth, lui dit-elle, inclinant la tête. Je crois que je devrais me retirer dans ma chambre pour me reposer un peu. Je me réjouis de vous revoir plus tard.

Il lui serra délicatement la main.

— C'était un plaisir de faire votre connaissance.

Il leva la main de Charlotte, pencha la tête, et appuya ses lèvres sur ses jointures.

Le contact fut léger et bref. Elle aurait à peine dû s'en rendre compte. Au lieu de cela, la connexion se répercuta profondément en Charlotte, avec une chaleur indéniable, une envie qui lui donna le goût de l'inviter à se joindre à elle pour se reposer.

Quelle idée choquante !

Mais... n'était-ce pas là le but de cette partie de campagne ?

CHAPITRE 2

*J*ames Ludlow, neuvième comte de Rotherham, se leva de la table de la salle à manger et se dirigea avec les autres vers le salon. À la demande de leur hôte, ces messieurs avaient écourté leur pause porto, puisque c'était la première soirée de la partie de campagne.

Roth hésita un instant avant d'entrer dans le salon. En temps normal, il aurait attendu ce moment avec impatience. Il aimait danser et se plonger dans une soirée agréable. Et il avait attendu ce rassemblement avec l'espoir optimiste de trouver une nouvelle comtesse, une femme qui serait une mère pour ses filles. Dieu qu'elles avaient besoin d'une main féminine ! Sa mère les guidait autant qu'elle le pouvait lorsqu'elle se trouvait à la maison du douaire. Cependant, elle possédait également une maison à Bath et y passait de plus en plus de temps. À tel point que Roth se demandait si elle n'avait pas un ami particulier là-bas.

S'il avait l'intention de se remarier, pourquoi hésitait-il ? Surtout après avoir rencontré Mᵐᵉ Dunthorpe cet après-midi-là. Sa réaction à son égard avait été rapide et profonde. Elle était réellement séduisante, avec son abondante chevelure auburn et ses yeux couleur chocolat sombre qui s'inclinaient sur les bords, lui donnant l'air d'être souvent et aisément amusée. Il avait été instantanément attiré par cette idée, et elle s'était montrée charmante et pleine d'esprit.

Puis il avait embrassé sa main. Un désir inouï l'avait envahi, un besoin presque primitif de la revendiquer et de la faire sienne. Il n'avait pas ressenti cela depuis… eh bien, il n'avait *jamais* ressenti cela.

Et c'était terrifiant.

Il avait éprouvé une attirance immédiate pour sa femme. Pamela l'avait captivé comme personne ne l'avait fait au cours de ses vingt-six années d'existence. Il l'avait demandée en mariage au bout d'une semaine, et ils s'étaient mariés quatre semaines plus tard.

Elle était plutôt calme, voire docile, mais il l'avait vue rire aux éclats et se réjouissait d'un avenir où ils le feraient ensemble. Mais cela n'était jamais arrivé. Au lieu de cela, elle était devenue plus distante au fil du temps. Ensuite, elle était tombée malade, et, juste avant de mourir, elle lui avait avoué une horrible vérité : l'épouser l'avait dévastée, car elle était amoureuse d'un autre. Cependant, cet autre homme n'était pas un comte, et ses parents avaient insisté pour qu'elle épouse Roth.

Parfois, il regrettait qu'elle le lui ait dit. Mais cela expliquait la froideur de leur mariage et son désintérêt pour lui. Mais, au moins, elle avait adoré leurs filles.

— Tu viens, Roth ? s'enquit leur hôte, lord Cosford, alors qu'il alignait son pas sur le sien pour entrer dans le salon.

— Oui.

Roth inspira profondément et franchit le seuil. Alors qu'il s'était dit qu'il devait trouver quelqu'un d'autre que Mme Dunthorpe, il la repéra sans effort. Elle se tenait près de l'âtre, un verre de vin à la main, une superbe robe bleue drapant ses courbes. Le vêtement comportait un minimum de dentelle et de volants, et Roth préférait cela. Elle était élégante et belle, exactement le genre de femme qu'il voulait courtiser.

Mais il ne devrait pas.

En cherchant une épouse, son objectif n'était pas de tomber amoureux ni même d'éprouver une grande attirance. Il avait connu ces deux choses avec Pamela, et elle lui avait brisé le cœur de façon nette et irrévocable. Non seulement il ne souhaitait pas aimer à nouveau, mais il n'était pas sûr d'en être capable.

Ce dont il était certain, en revanche, c'était qu'il voulait une mère pour ses filles et peut-être l'occasion d'avoir un héritier. Même cela n'était pas totalement nécessaire. Il avait un jeune frère qui serait tout à fait capable de lui succéder, et, contrairement à Roth, il avait déjà un fils.

Non, dans l'ensemble, Mme Dunthorpe représentait un risque qu'il n'avait pas besoin de prendre. Mieux valait qu'il ignore l'extraordinaire attirance qu'il éprouvait envers elle et dirige ses attentions ailleurs.

Sauf qu'il lui avait demandé de lui réserver une danse. Il lui était au moins redevable de cela. Mieux valait donc en finir.

Roth se dirigea vers elle. Juste avant qu'il la rejoigne, elle se tourna vers lui. Leurs regards se croisèrent et se soutinrent, et, une fois de plus, il ressentit un désir primitif de la jeter sur son épaule et de l'emmener à l'étage. Tout le monde saurait alors qu'elle lui appartenait.

C'était un désastre.

Il lui adressa un large sourire et s'inclina devant elle.

— Bonsoir, madame Dunthorpe.

Pour le dîner, ils avaient été assis aux extrémités opposées de la table, et il ne lui avait pas parlé depuis cet après-midi-là.

Elle fit une révérence superficielle. À vrai dire, ce forma-lisme n'avait pas lieu d'être, et il était même un peu risible compte tenu du fait qu'il s'agissait d'une partie de campagne intime. Pourquoi le faisaient-ils ?

Selon lui, ils tentaient de maintenir une certaine formalité et de rester au-dessus de tout reproche. Comme si cela pouvait endiguer le torrent de désir qui le submergeait.

— Bonsoir, Roth, dit-elle d'un ton chaud et séduisant qui attisa son excitation. Vous et les autres gentlemen ne vous êtes pas attardés longtemps à votre verre de porto.

Il s'approcha, et ses narines s'emplirent d'un effluve de muguet. Il essaya de ne pas penser à l'odeur délicieuse qui émanerait d'elle s'il pressait ses lèvres et son nez contre sa chair nue.

— Lord Cosford a suggéré que nous rejoignions les dames le plus tôt possible.

— Je vois. Je suppose qu'étant donné l'objectif de cette partie de campagne, l'idée est que nous nous mélangions le plus possible.

Elle but une gorgée de vin, et ses yeux séduisants croisèrent à nouveau les siens par-dessus le bord de son verre.

Fleuretait-elle avec lui ? Ou, du moins, faisait-elle allusion à l'objectif de cette assemblée, former des couples ? Était-elle venue ici pour se remarier ou pour un autre motif plus temporaire ? Lorsqu'il lui avait demandé si elle ne souhaitait plus être seule, elle était restée évasive.

L'idée d'une liaison avec elle surgit dans son esprit. Roth apprécierait peut-être une liaison courte et torride. Il ne risquerait pas de se lier romantiquement, de perdre son cœur ou de le voir brisé.

Il se laissait emporter. N'avait-il pas prévu de danser avec elle et d'en finir ? Et ensuite… quoi ? Il l'ignorerait pendant toute la durée de la partie de campagne ? Roth ne voyait pas une telle chose se produire. Ils n'étaient même pas trente. L'éviter serait, au mieux, impossible et, au pire, remarquablement impoli.

— La danse est sur le point de commencer, annonça Roth. Je suis venu réclamer celle que vous m'avez promise.

Elle sourit, ses sourcils s'arquant brièvement.

— Oh, parfait ! Pardonnez-moi si je fais un faux pas. Cela fait longtemps que je n'ai pas dansé.

Elle termina son vin et posa son verre vide sur une table voisine. Roth envisagea de lui offrir son bras, mais ils n'avaient pas beaucoup de chemin à parcourir. Lord et lady Cosford se tenaient au milieu de la piste de danse improvisée. La moitié de la pièce avait été débarrassée de ses meubles et un piano trônait dans un coin.

— La danse va commencer tout de suite, à l'appel de lady Cosford, annonça lord Cosford, puis il adressa un sourire affectueux à sa femme. Veuillez accueillir Mme Henrietta Goodlands, une musicienne accomplie qui sera parmi nous cette semaine.

Une femme douce d'une quarantaine d'années s'approcha du piano et s'inclina. Elle s'assit.

Roth regarda leur hôte guider leur hôtesse à sa place. Il les connaissait depuis longtemps, et leur amour était aussi tangible que leur caractère bienveillant. Leur mariage était enviable, et, pendant un certain temps après la mort de Pamela, Roth avait pris ses distances avec les Cosford et leurs semblables. Voir d'autres personnes si profondément et mutuellement amoureuses était une douleur qu'il n'avait pas pu supporter.

— Prenons-nous place ? demanda Mme Dunthorpe, interrompant sa rêverie.

— Bien sûr, répondit Roth, qui la conduisit jusqu'aux lignes formées par les danseurs.

— Mettons-nous au bout, pour que je puisse regarder et me familiariser à nouveau, dit-elle à voix basse.

— Certainement.

Ils prirent place à l'extrémité des lignes. Roth l'observa

tandis qu'elle se concentrait sur la danse, ses yeux suivant lord et lady Cosford qui évoluaient au rythme de la musique.

Quand le couple suivant se lança sur la piste, Mme Dunthorpe parut se détendre, et ses traits s'adoucirent.

— Tout vous est revenu maintenant ? s'enquit-il à travers l'espace qui les séparait.

— Je crois que oui. Nous le saurons bientôt.

Elle lui lança un regard effronté, et une vague de désir le saisit au ventre. En fait, elle se débrouilla à merveille. Elle était légère et sûre d'elle, et son rire ne fit qu'accroître le plaisir de Roth. À la fin de la danse, ses joues étaient d'un joli rose.

— Aimeriez-vous boire quelque chose après nos efforts ?

— Oui, s'il vous plaît.

Cette fois-ci, il lui offrit son bras. Non pas parce que les rafraîchissements étaient très éloignés, mais parce qu'il ne pouvait tout simplement pas laisser passer une autre occasion de la toucher.

Elle enroula sa main autour de son avant-bras, plus près du coude que du poignet. Roth résista à l'envie de poser son autre main sur la sienne, de caresser ses doigts nus. Personne n'avait mis de gants ce soir-là.

— Pourquoi n'avez-vous pas dansé depuis longtemps ? s'enquit Roth.

— J'imagine que les occasions de vie sociale à Birmingham ne sont pas aussi nombreuses qu'à Londres. Notre saison commencera bientôt et durera tout l'hiver.

— Mais, il y a sûrement des bals et des assemblées.

Elle lui adressa un regard légèrement taquin.

— Oui, mais je suis une veuve qui fait tapisserie. Les gentlemen préfèrent de loin fréquenter les jeunes femmes célibataires.

Ce qui était presque un crime, car Mme Dunthorpe était aussi séduisante et captivante que n'importe quelle jeune femme célibataire. Il la devinait proche de la trentaine. Si elle était seule depuis une dizaine d'années, comme elle l'avait indiqué, elle avait dû être une jeune veuve dotée d'un immense charme et d'une grande beauté. Roth trouvait étrange qu'elle ne se soit pas liée à quelqu'un d'autre. Ou qu'elle ne se soit pas remariée.

Peut-être n'en avait-elle pas envie, imbécile !

Peut-être même pleurait-elle encore son mari.

Ils croisèrent un valet de pied portant un plateau de boissons.

— Qu'est-ce qui vous plairait ? lui demanda Roth.

— Il y a du vin, du sherry et du porto, proposa le valet de pied.

— Du vin, s'il vous plaît.

Roth prit un verre de vin blanc et le tendit à la jeune femme, puis il récupéra un verre de porto pour lui-même.

Elle retira sa main de son bras et il dut se contenter du fait qu'ils se tenaient l'un à côté de l'autre. Il fit doucement tinter son verre contre le sien.

— Aux nouvelles connaissances.

— Et à la danse, ajouta-t-elle, une étincelle dans les yeux.

Après avoir avalé sa gorgée de porto, Roth piocha dans l'une des dizaines de questions qu'il voulait lui poser.

— Êtes-vous originaire de Birmingham ?

— J'y ai emménagé après la mort de mon mari. Et où se trouve votre domaine ?

— Le siège de ma famille, Ludlow Court, se trouve dans le sud du Yorkshire, mais je passe une grande partie de mon temps à Londres et ailleurs.

— Je n'aurais pas dû présumer que vous n'aviez qu'un seul domaine, s'excusa-t-elle en riant. Peut-être en possédez-vous une douzaine !

— J'en ai deux. Ainsi qu'un pavillon de chasse près de Lancaster. Je dois avouer que je ne suis pas vraiment amateur de chasse, mais plutôt du grand air. Je garde d'excellents souvenirs de Lune Lodge avec mon père et mon grand-père.

— Voilà qui semble charmant. Y emmenez-vous parfois vos filles ?

Il la fixa du regard.

— Dans un pavillon de chasse ?

Mme Dunthorpe rit.

— Vous semblez choqué. Vous avez dit que vous y alliez avant tout pour profiter du grand air. Je me suis dit que vos filles apprécieraient sûrement cela aussi.

— C'était le cas. Enfin, c'était le cas de Violet. Qui a maintenant atteint l'âge mûr de neuf ans, et affirme désormais qu'elle ne peut plus se permettre de se salir. Rosamund, quant à elle, est ravie de parcourir la campagne. Elle aime même pêcher, raconta-t-il en riant. Peut-être est-elle plus sportive que moi.

En souriant, Mme Dunthorpe poursuivit ses questions :

— Et quel âge a-t-elle ?

— Six ans.

— Elle a l'air adorable. Peut-être se comporte-t-elle aussi parfois comme un petit monstre ?

— C'est leur cas à toutes les deux, et c'est pourquoi j'aimerais qu'elles aient une mère. Ma mère vit dans la maison douairière de Ludlow Court, mais elle a également une résidence à Bath. Les filles m'accompagnent à Londres pour la saison. Je n'aime pas être loin d'elles aussi longtemps.

Les yeux noirs de Mme Dunthorpe s'adoucirent.

— Vous avez l'air d'être un père attentionné. Le mien était ainsi. Il me manque tous les jours.

— Je suis navré qu'il ne soit plus auprès de vous, lui dit Roth d'une voix douce. Qu'en est-il de votre mère ?

— Elle est morte quand j'étais jeune. Je ne me souviens pas du tout d'elle. Il n'y a jamais eu que mon père et moi.

Elle était seule.

— Enfin, avec les autres personnes qui travaillaient à l'auberge.

Ses joues rougirent à nouveau et elle s'empressa de boire une longue gorgée de vin. Regrettait-elle d'avoir dit cela ? Roth était trop curieux pour laisser passer cette remarque sans lui poser de questions. Il voulait absolument tout savoir sur elle.

— Quelle auberge ?

— Mon père possédait une auberge. C'est là que j'ai grandi. Les gens qui y travaillaient, la cuisinière, les servantes, les palefreniers… Ces gens étaient ma famille.

Son père avait été propriétaire d'une auberge. Elle semblait issue d'un milieu différent, en ce sens qu'elle n'affichait pas l'arrogance ou la supériorité sociale inhérente à la plupart des gens de la classe de Roth. Soudain, il se sentit comme un imbécile jugeur.

— J'imagine que cela vous semble plutôt inhabituel, ajouta-t-elle.

Le sourire de la jeune femme était engageant et chaleureux, sans aucun jugement. Elle avait compris ce qu'il voulait dire et ne s'était pas éloignée avec dégoût. Il lui semblait impossible de pouvoir l'apprécier davantage, mais c'était pourtant le cas.

— Cela semble différent. Et cela semble également très agréable, comme si vous aviez eu un groupe soudé de personnes prenant soin de vous et auxquelles vous teniez.

— Ils m'étaient très chers. Bien que mon père ne soit plus là, la plupart d'entre eux travaillent encore à l'auberge. Il a dû la vendre lorsqu'il est tombé malade.

Roth entendit la pointe de tristesse dans sa voix, mais, avant qu'il puisse la réconforter, elle se reprit et poursuivit.

— Assez discuté de cela. Parlez-moi de Londres. Je n'y suis jamais allée.

— C'est une ville aussi animée que belle, mais aussi

surpeuplée et sale par endroits. J'aime les parcs et le théâtre. J'apprécie particulièrement de conduire jusqu'à Richmond.

— Qu'en est-il de la saison et du parlement ? J'imagine que c'est un véritable tourbillon.

— Cela peut l'être, confirma-t-il. J'ai évité les événements sociaux de la saison ces cinq dernières années, depuis le décès de ma femme. J'ai préféré concentrer mon énergie sur mes obligations au sein des Lords.

— C'est une démarche que je peux comprendre, dit-elle d'un ton compréhensif et doux. Quelles sont vos obligations ?

— Je préside quelques comités. Je me consacre particulièrement aux lieux que j'ai mentionnés. Nombre d'entre eux sont délabrés, surpeuplés et insalubres. Tout le monde a droit à un logement sûr.

— C'est vrai, confirma-t-elle, visiblement impressionnée. Voilà une position admirable de votre part. J'espère que vos pairs vous écoutent.

Il laissa échapper un petit rire aigu.

— Pas aussi souvent que je le voudrais, mais je n'arrêterai pas d'essayer de les persuader.

— Je comprends que vous n'ayez pas le temps de participer aux activités de la saison, entre votre travail et vos filles. Qu'aiment-elles faire à Londres ?

— Violet a déclaré qu'elle voulait visiter Bond Street cette année, répondit-il en secouant la tête. Elle aura alors dix ans, et elle soutient qu'il est nécessaire qu'elle apprenne à faire des emplettes, d'autant plus qu'elle n'a pas de mère.

Il s'interrompit, puis posa sur la jeune femme un regard chargé d'ironie.

— Vous comprenez pourquoi je dois trouver une épouse ?

Mme Dunthorpe éclata de rire.

— Il s'agit clairement d'une situation désespérée. J'espère

que vous trouverez une nouvelle comtesse d'ici la nouvelle année.

— Merci. J'apprécie votre soutien.

Il l'étudia un instant, incapable de déterminer si elle était intéressée. Rien n'indiquait qu'elle l'était. Rien n'indiquait non plus qu'elle *ne l'était pas*.

L'un des jeunes gens présents, M. Jacob Emerson, s'approcha d'eux. Roth pressentait que son temps avec Mme Dunthorpe était sur le point de s'achever. Au moins pour ce soir-là.

— Je crois que je suis sur le point de vous perdre, murmura Roth.

Elle haussa un sourcil interrogateur, mais n'eut pas le temps de demander quoi que ce soit, même si elle l'avait voulu, car Emerson arriva. Il jeta un coup d'œil à Roth et inclina la tête avant de reporter toute son attention sur Mme Dunthorpe.

— Je n'ai pas pu m'empêcher de remarquer votre grâce sur la piste, Mme Dunthorpe. J'espérais que vous me laisseriez devenir votre partenaire pour la prochaine danse.

L'expression d'Emerson était sérieuse, bien que légèrement nerveuse. Il semblait être le plus jeune des gentlemen présents. Roth lui donnait dans les vingt-cinq ans. Mme Dunthorpe avait certainement besoin d'un homme d'une plus grande… maturité.

Roth se rappela qu'Emerson l'invitait à danser et ne lui proposait pas le mariage. Il se rappela également qu'il était en train de mettre la charrue avant les bœufs.

La vérité le frappa comme une gifle : il était jaloux. Alors qu'il n'avait rencontré Mme Dunthorpe que l'après-midi même, il voulait l'avoir pour lui tout seul.

— J'en serais fort aise, monsieur Emerson, affirma-t-elle.

Puis elle tourna la tête vers Roth. Elle lui adressa un

sourire éblouissant, qui apaisa ses émotions les plus primaires.

— Merci pour cette charmante conversation, lui dit-elle.

— Merci *à vous.*

Il lui prit la main et pressa légèrement ses lèvres sur ses jointures. Il avait envie de s'y attarder, mais il la relâcha.

— J'attends avec impatience notre prochaine entrevue.

Et il priait qu'elle ne tarde pas à venir.

CHAPITRE 3

*L*e lendemain, la dernière prestation de la démonstration de talents, où lord Cosford joua de la guitare, s'acheva sous des applaudissements nourris. Lady Cosford avait sollicité ses invités pour qu'ils partagent un savoir-faire, et ceux qui avaient osé participer avaient pris leur tour sur l'estrade de la salle de bal. Charlotte avait refusé de se produire, car elle ne savait que faire.

Les talents allaient de la récitation de Shakespeare ou de poèmes au chant, en passant par la tentative, plutôt ratée, de M. Emerson de jongler avec des pommes. Charlotte remarqua que Roth n'avait pas participé non plus. Il avait pris place dans la rangée derrière elle, mais pas assez près pour échanger des banalités, malheureusement.

Avec un peu de chance, ils auraient l'occasion de parler maintenant que le spectacle était terminé. Elle ne cessait de penser à leur conversation de la veille. Son amour pour ses filles et sa volonté d'aider les pauvres étaient particulière-ment attachants. Il n'était pas seulement incroyablement beau et charmant, il était aussi intègre et vouait un amour inconditionnel à sa famille.

Il avait également semblé légèrement perturbé par l'interruption d'Emerson. Les yeux du comte s'étaient plissés l'espace d'un instant. Peut-être Charlotte l'avait-elle imaginé. Ou peut-être avait-elle bien mesuré la passion instantanée de Roth pour elle. *Ou bien*, plus probablement, elle avait complètement imaginé sa réaction pour ne pas se sentir ridicule face au désir soudain et inexplicable qu'elle éprouvait pour lui.

Aujourd'hui, elle se rendait compte de l'absurdité de tout cela. À trente ans, elle commençait simplement à accepter l'idée qu'elle était seule et avait la quasi-certitude qu'elle le resterait toujours.

— Il y a des rafraîchissements au fond de la salle de bal, annonça lady Cosford.

Comme elle voulait discuter avec Roth, Charlotte se leva. Cependant, avant qu'elle ne puisse se diriger vers le comte, Emerson, qui s'était également levé, se tourna vers elle.

— Me suis-je ridiculisé en jonglant ?

— Pas du tout, lui assura-t-elle. Vous étiez très divertissant.

— Il y a des années, à Cambridge, je savais jongler. Je suppose que j'aurais dû m'entraîner hier soir, ricana-t-il. Voulez-vous un verre de vin ou de ratafia ?

Il inclina la tête vers l'endroit où les rafraîchissements étaient installés sur une table. Un valet de pied se tenait en sentinelle à chaque extrémité.

Charlotte dirigea son regard vers l'endroit où Roth était assis un peu plus tôt, mais il n'y était pas. Elle balaya la salle du regard et le vit se tenir à l'écart du coin salon. Il tourna les talons et se dirigea vers la porte.

Non, il ne pouvait pas partir !

Pas plus qu'elle n'allait lui courir après et susciter des froncements de sourcils ou, pire encore, des ragots.

— Un verre de ratafia ne serait pas de refus, dit-elle avec un sourire forcé.

Elle prit le bras d'Emerson qui la guida vers la table des rafraîchissements. Le valet de pied servit leurs boissons et Charlotte passa le quart d'heure suivant à écouter le gentleman lui raconter comment il avait commencé à jongler, et lui expliquer qu'il avait l'intention de se perfectionner à nouveau. Dès qu'ils furent rejoints par d'autres invités, elle s'excusa et quitta discrètement la salle de bal.

Où était passé Roth ? Elle avait vu d'autres messieurs partir et supposait qu'ils s'étaient rendus dans la salle de billard. C'était, semblait-il, l'endroit où les hommes se rassemblaient.

Elle ne voyait donc pas l'intérêt de s'y rendre. S'avouant vaincue, elle se rendit dans la salle des paysages, une petite pièce située près de la bibliothèque où se trouvaient apparemment plusieurs tableaux de paysages, dont un du peintre préféré de Charlotte, Richard Wilson.

Son préféré ? En réalité, c'était le seul peintre célèbre de paysages dont elle ait vu les œuvres. Une dame âgée de Birmingham avec laquelle elle était amie possédait l'une de ses peintures, représentant un château en ruines près d'un lac. Charlotte la trouvait provocante, et même un peu obsédante. Elle était curieuse de voir à quoi ressemblait celui-ci et s'il susciterait les mêmes sensations.

Charlotte entra dans la salle des paysages et s'arrêta brusquement. Roth se tenait de l'autre côté, examinant un tableau. Du moins, elle était à peu près certaine qu'il s'agissait du comte. Elle n'avait pas mémorisé son apparence de dos. Les cheveux étaient sans aucun doute de la même couleur froment, et la largeur de ses épaules ainsi que sa taille élancée corroboraient l'identité de l'homme.

C'était peut-être une erreur de sa part de rester là à le fixer, mais elle se rendit compte qu'elle ne pouvait pas parler.

Elle avait espéré le voir. Elle avait envie de passer plus de temps avec lui. Et il était là. Seul.

Il se déplaça du mur du fond vers celui de droite, son attention se portant sur le tableau suivant. Il tourna légèrement la tête vers elle, puis pivota complètement dans sa direction.

— Madame Dunthorpe ?

— Je suis venue voir le Wilson.

— Il est sublime. Venez voir, dit-il, lui faisant signe de le rejoindre alors qu'il tournait les talons vers le centre du mur opposé. Êtes-vous une admiratrice de Wilson ?

— Je... euh... j'aime bien celui que j'ai vu.

Elle lui glissa un regard un peu déconcerté. Il avait tant d'expérience, surtout comparé à elle.

— J'apprécie ses paysages. J'aime particulièrement la lumière de celui-ci.

Charlotte observa le tableau et tenta d'ignorer le gentleman qui se tenait à côté d'elle. Mais, c'était sans espoir. Ce qu'elle devait faire, c'était ignorer ce qu'elle ressentait lorsqu'elle était près de lui. Elle avait chaud, elle se sentait lourde, anxieuse.

À bout de souffle.

Clignant des yeux, elle prit une respiration hésitante et observa le paysage. Le soleil se couchait sur la droite de la toile, projetant une lueur chaude sur le reste du tableau, que Charlotte s'imaginait pouvoir ressentir. Non, c'était la chaleur du bras de Roth qui frôlait le sien.

— Le ciel semble incroyablement réel.

De délicats nuages se détachaient sur le bleu pâle et l'or. Une rivière serpentait au centre de la toile, reflétant la lumière crépusculaire.

— Cela me rappelle une chaude soirée d'été quand j'étais jeune, dit Roth d'une voix douce. Mon père nous avait emmenés, mon jeune frère et moi, au bord de la rivière Don.

Il nous a appris à faire des ricochets. Ensuite, nous nous sommes déshabillés jusqu'à n'avoir plus que nos pantalons, même mon père, et nous nous sommes baignés jusqu'à ce qu'il fasse presque nuit.

Charlotte sourit en tournant la tête vers lui.

— Quel âge aviez-vous ?

Roth tourna également la tête, et leurs visages étaient très proches.

— Huit ans. Mon frère, Simon, en avait six.

— Voilà qui ressemble à un merveilleux souvenir. J'ai un souvenir similaire avec mon père, mais il s'agissait d'un ruisseau, pas d'une rivière. Nous y allions tous les dimanches après l'église. Enfin, les dimanches où il était présent. Il ne pouvait pas venir toutes les semaines, mais il veillait à ce que j'y sois, raconta-t-elle, puis elle baissa la voix, prenant un ton de conspiratrice. Je n'avais pas vraiment le choix, puisque le pasteur me donnait des cours sur tous les sujets, de la géographie à l'histoire, en passant par des rudiments de latin.

Les yeux de Roth s'arrondirent légèrement.

— Vous parlez latin ?

— Mon Dieu, non ! Je le lis… passablement. Je parlais un peu français aussi, mais je manque de pratique. De temps en temps, je discute avec une amie.

La femme qui possédait le paysage de Wilson, en fait.

— Vous me stupéfiez, madame Dunthorpe, lui dit-il d'une voix satinée, pleine d'admiration.

Charlotte reporta son attention sur le tableau, de peur de se perdre définitivement dans les profondeurs insondables des yeux verts de Roth qui brillaient.

— Êtes-vous également venu voir le Wilson ?

— En fait, je suis venu voir un paysage du cousin de Cosford. Il m'a expliqué qu'il était médiocre, mais qu'il s'était senti obligé de l'exposer quelque part. Puis il a ricané et a déclaré que le tableau constituait *un excellent sujet de conversa-tion*. J'en ai déduit qu'il avait quelque chose d'unique.

— Et, est-ce le cas ?

— Je ne l'ai pas encore trouvé. Cosford a précisé que le tableau était centré sur une folie dans la propriété de son père, le duc d'Ironbridge. En tout cas, je n'ai trouvé qu'une seule toile avec une folie, et elle était à l'arrière-plan, donc je ne pense pas que ce soit celle-là. D'ailleurs, elle n'était absolu-ment pas médiocre, du moins à mes yeux, même s'il n'y avait rien de particulièrement *intéressant à dire* à son sujet.

— C'est ce qui fait la beauté de l'art, dit Charlotte, parcou-rant du regard les quelque deux dizaines de paysages qui décoraient la pièce. Ce qui apparaît médiocre à lord Cosford peut être remarquable pour vous.

— Et la pire des bouses pour vous ! s'exclama Roth avant d'éclater de rire. Je plaisante. D'une certaine manière, je suis convaincu que vous trouveriez quelque chose de flatteur à dire sur n'importe quoi ou n'importe qui.

— Et pourquoi cela ?

Il haussa les épaules.

— Je suppose que c'est parce que vous me semblez avoir particulièrement bon cœur. Et vous paraissez généreuse. Ou peut-être suis-je simplement séduit par votre charme.

Il battit des cils en la regardant, comme s'il était une coquette.

Charlotte éclata de rire et laissa échapper un petit grognement nasal, regrettant aussitôt de ne pas pouvoir revenir en arrière. Elle porta la main à son visage, comme si elle pouvait repousser le son d'où il était sorti.

— Pardonnez-moi, murmura-t-elle.

Roth sourit et secoua la tête.

— Absolument pas. Ce grognement était également charmant.

— C'est gentil à vous de le dire, mais ce n'est pas quelque

chose que je fais habituellement en présence... d'autres personnes.

Elle avait été sur le point de dire « en présence de gentlemen attirants », mais elle décida qu'ils étaient déjà trop proches, et que leur conversation était trop intime.

Intime ?

Parce qu'elle se sentait à l'aise avec lui. Assez à l'aise pour grogner, apparemment.

— Nous cherchons donc un paysage avec une folie bien visible ? s'enquit-elle, estimant qu'il valait mieux qu'ils évitent de parler d'eux-mêmes.

Il arqua un sourcil blond.

— Ah oui ? Je suis ravi d'avoir votre compagnie. Il ne semble pas se trouver sur ce mur ni à l'arrière, et j'étais justement en train de vérifier ce mur-ci.

Il fit un geste vers l'autre côté de la pièce, là où il avait pivoté alors qu'elle l'avait subrepticement observé. « Espionné » aurait peut-être mieux décrit ce qu'elle avait fait. Non, elle ne l'avait pas espionné. Elle l'avait... apprécié. Comme s'il était un tableau.

Charlotte grimaça intérieurement.

— Vous pouvez examiner à nouveau les murs que j'ai déjà regardés. En fait, vous devriez le faire, car il y a plusieurs beaux paysages.

— Je crois bien que je suis déterminée à trouver la folie génératrice de conversation, mais, une fois que nous l'aurons découverte, il se pourrait que je fasse un tour de cette salle.

— Très bien. Continuons, alors.

Il tourna les talons, et elle le suivit jusqu'à l'autre mur.

— Vous avez quitté le concours de talents assez rapidement, remarqua Charlotte, revenant sur le sujet qu'elle venait d'abandonner : eux.

Ou, plus précisément, sur *lui.*

Ils s'étaient arrêtés devant un paysage où des chevaux

paissaient dans un vaste champ, un grand chêne se dressant en sentinelle sur le côté. Charlotte observa le profil de Roth, qui révélait la forte saillie de son menton et la courbe incroyablement longue de ses cils.

— N'était-ce pas à votre goût ?

— Je dirais que c'était divertissant. Certaines performances plus que d'autres.

— Pourquoi n'avez-vous rien présenté ?

Roth lui adressa un regard timide.

— Pourquoi n'avez-*vous* rien présenté ?

— Je n'aime pas être le centre d'attention d'un grand groupe. C'était déjà assez compliqué pour moi d'avoir à partager quelque chose lors des présentations d'hier soir. Sur les instructions de Cecilia, ils s'étaient rassemblés en un grand cercle, et avaient chacun à leur tour parlé d'eux-mêmes. Charlotte avait indiqué qu'elle aimait le calme des fins de soirée et des débuts de matinée.

Dès que les mots avaient quitté sa bouche, elle s'était rendu compte que cela aurait pu être interprété comme une invitation subtile à rechercher sa compagnie à ces heures-là. S'il s'était agi d'une partie de campagne ordinaire, elle n'y aurait pas pensé, mais elle était organisée par un couple d'entremetteurs, dans le but que chacun trouve le bonheur, dans le mariage ou avec une liaison. Heureusement, personne ne s'était présenté à sa porte au milieu de la nuit.

Malheureusement, cela signifiait que Roth n'était pas venu non plus.

— Je suis persuadé que vous auriez fait une performance admirable. Vous n'auriez pas pu faire pire qu'Emerson avec ses jongleries, affirma-t-il avec un sourire. Je crois qu'il essayait de se montrer divertissant.

— Je le crois aussi. Il ne s'était pas entraîné, et il pensait mieux se souvenir des compétences acquises à Cambridge. Il m'a expliqué que c'était là qu'il avait appris. Faute de compétences, pourquoi ne pas s'efforcer d'en rire à la place ?

— Il y est assurément parvenu, répondit Roth, pivotant légèrement vers Charlotte. Est-ce ce dont lui et vous avez discuté après les représentations ?

Il l'avait vue parler avec Emerson ? Et son ton allait-il un peu plus loin que la simple curiosité ?

— Oui, répondit-elle. Il m'a parlé de son expérience de jongleur. Il prévoit d'affiner à nouveau ses compétences.

— Alors, il sera prêt la prochaine fois qu'on lui demandera de faire la démonstration d'un talent. Voilà pourquoi je n'ai pas participé. Je n'avais rien à démontrer, expliqua Roth, inclinant la tête. Manifestement, ce n'est pas le tableau que nous cherchons.

Il passa au suivant et elle le rejoignit devant le paysage représentant une chute d'eau.

— J'aime bien celui-ci, dit Charlotte.

L'eau du tableau semblait bouger, comme si elle cascadait vraiment.

— Vous auriez pu danser, souligna-t-elle. Vous êtes plutôt doué pour cela.

Roth se tourna vers elle, rieur.

— Et comment aurais-je pu le faire seul ? À moins que... vous auriez pu vous joindre à moi. Nous aurions alors participé tous les deux.

Charlotte lui fit face, s'amusant plus qu'elle ne l'avait fait depuis des lustres.

— Et quelle danse aurions-nous exécutée à nous deux ?

Il fronça le nez, puis plissa le front, réfléchissant à sa question. Finalement, il suggéra :

— Le menuet ?

— Je ne sais pas le danser, donc peut-être pas.

— J'aurais pu vous apprendre. En Autriche, il existe une danse très populaire. Elle s'appelle la valse et se danse à deux.

Les danseurs se touchent et sont très proches l'un de l'autre pendant toute la durée de la danse, expliqua-t-il, et le regard de Roth, accroché à celui de Charlotte, était inébranlable. C'est vraiment scandaleux.

L'air autour d'eux se réchauffa et Charlotte lutta pour ne pas faire un pas vers lui. Il n'y avait que deux pas entre eux. Elle pourrait être dans ses bras en l'espace d'un souffle…

— Savez-vous comment cela se danse ?

— Pas en détail, répondit Roth, dont les yeux brillaient. Je sais ! Nous aurions pu créer notre propre danse. Je crains que nous n'ayons manqué une occasion, madame Dunthorpe.

Elle avait tellement envie qu'il l'appelle Charlotte !

— Vraiment ? Je vois ici une pièce vide, avec peu de meubles. Nous pourrions certainement inventer notre danse ici.

— Dans quel but ? demanda-t-il avec un léger, mais très malicieux sourire.

Charlotte haussa les épaules.

— Avons-nous besoin d'une raison ? Parfois, je trouve qu'il est agréable de faire quelque chose simplement parce que cela semble… amusant.

— Je n'ai rien à redire à cela. À quoi devrait ressembler notre danse ? Devrait-elle être à trois temps ? À deux ?

Charlotte porta une main à sa joue.

— Vous m'avez perdue. Je n'en ai aucune idée.

— Peut-être devrions-nous commencer par le menuet et adapter notre danse à partir de là.

— Je vous l'ai dit, je ne sais pas le danser.

— C'est donc une bonne chose que ma mère me l'ait enseigné. Et je peux maintenant vous l'apprendre. C'est six pas en avant et six pas en arrière. Regardez mes pieds. Roth s'écarta du mur, et lui montra les pas.

— On dirait des pas arrêtés.

— C'est une bonne façon de décrire cette danse.

Il lui serra la main, ce qui la surprit. Elle ne haleta pas tout à fait, mais elle inspira vivement. Il leva brièvement les yeux vers ceux de Charlotte. Il l'avait entendue. Il passa doucement son pouce sur les doigts de la jeune femme.

— Prête à essayer ?

— Non, mais nous sommes en train d'inventer, n'est-ce pas ? Je n'aime pas les pas arrêtés. Je préférerais faire quelque chose de plus animé.

Roth lâcha sa main, et elle se retint de froncer les sourcils.

— Montrez-moi.

Charlotte effectua quelques petits pas sautillants, ajouta un saut, puis un tour.

— Plutôt comme ceci.

Ce fut au tour de Roth de rire et de laisser échapper un grognement.

— Mes excuses, mais cela semble beaucoup trop athlétique. Je pensais que nous visions quelque chose de plus calme, de plus… intime.

Charlotte posa sur lui un regard moqueur.

— Calme ? Voilà qui semble ennuyeux.

— Mmmh, c'est vrai, acquiesça-t-il, la regardant attentivement. Et intime ? Qu'en pensez-vous ?

Un délicieux frisson parcourut les épaules de Charlotte.

— C'est scandaleux… comme votre valse.

— Ce n'est pas *ma* valse, affirma-t-il, tapotant sa mâchoire d'un doigt. Il me semble qu'il y a des pirouettes.

— Vous avez également précisé que les danseurs se touchaient. Devrions-nous nous tenir la main à nouveau ?

Roth acquiesça, faussement solennel.

— Je pense que c'est nécessaire, si nous voulons rendre justice à notre danse.

Charlotte lui tendit sa main et il s'en saisit ; ses doigts étaient chauds contre ceux de la jeune femme.

— Si notre but est d'être scandaleux, il me semble que je devrais aussi vous toucher avec mon autre main.

Il s'empressa alors de saisir ledit appendice.

— Oui, je crois que c'est bien mieux ainsi. Devrions-nous tourner ?

Leur faisant décrire un lent cercle, Charlotte lui serra les mains plus étroitement.

— Notre danse doit-elle se résumer à cela ? Nous devrions sûrement progresser quelque part.

— Nous pouvons tourner comme dans les danses en ligne.

Il la guida jusqu'à l'autre bout de la pièce, mais lorsqu'ils repartirent, elle perdit l'équilibre et dut le serrer plus fort. Elle se mit à rire.

— Je suis un peu étourdie. Nous tournons trop.

— Je suis d'accord. J'ai l'impression d'avoir bu trop de porto.

— Oh ! J'ai fait cela, une fois. C'était épouvantable. Je croyais que toute la maison tournait autour de moi.

Roth la regarda dans les yeux.

— J'espère que cette danse n'est pas épouvantable.

— Loin de là, dit-elle d'une voix douce. Je pense que cette danse serait meilleure si nous étions plus proches l'un de l'autre. Ainsi, si les pirouettes donnent le vertige à l'un des danseurs, il se trouve tout près de son partenaire, qui le sauvera peut-être d'un sort tragique.

Roth l'attira plus près de lui, ses mains remontant jusqu'aux coudes de Charlotte.

— Vous avez parfaitement raison. Devrions-nous essayer à nouveau, en tournant plus doucement ?

Elle posa les paumes contre son torse.

— Je pense qu'il faut que je m'accroche à vous, d'une manière ou d'une autre.

— Serrez mes épaules, alors. Ou même mon cou.

Charlotte retint son souffle alors qu'elle remontait les mains jusqu'aux épaules de Roth. Il descendit les siennes des coudes de la jeune femme à sa taille.

— Tenir vos bras me semblait incroyablement incommode, dit-il, murmurant presque. Est-ce acceptable ?

Plus que cela. Si seulement il pouvait l'attirer complètement contre lui. Et ensuite, abaisser ses lèvres sur les siennes…

— Et si nous dansions ? s'enquit Charlotte, qui avait soudain le souffle court.

Respirait-elle vraiment ?

Il lui fit décrire un cercle lent et doux, sans jamais détourner son regard du sien.

— Je fredonnerais bien un air, mais je ne vois pas lequel. Je crains que vous ne deviez imaginer quelque chose.

Elle imaginait beaucoup de choses, et rien de tout cela n'avait de rapport avec la musique. Elle rapprocha les mains du cou de Roth tandis qu'ils tournaient. Cette fois-ci, il n'y eut pas de vertige, rien qu'une chaleur persistante et délicieuse qui tourbillonnait dans son ventre.

Lorsqu'ils furent revenus à leur point de départ, il les fit arrêter.

— C'était très agréable. Comment devrions-nous appeler notre danse ?

— Le Tourbillon paysager ?

— Parfait.

Roth laissa son regard s'attarder un moment sur celui de Charlotte. Allait-il l'embrasser ? Mais ses yeux se posèrent ensuite sur un point situé derrière la jeune femme, et il entrouvrit les lèvres.

— Le voilà !

À contrecœur, Charlotte retira ses mains de ses épaules et tourna la tête. Elle vit aussitôt de quoi il parlait : un tableau avec une folie en son centre. Il était sur le mur derrière la porte.

— Je vois que lord Cosford l'a accroché à l'endroit le moins visible de la pièce.

Roth s'esclaffa.

— J'en ai bien l'impression ! Venez, nous devons voir ce qu'il en est.

Roth lâcha la taille de Charlotte, mais glissa une main dans le bas de son dos, gardant sa paume contre elle tandis qu'ils se dirigeaient vers le tableau.

La folie, située au sommet d'une colline, était un temple à ciel ouvert avec des colonnes. À l'intérieur du temple, une femme était assise sur un banc, les jupes légèrement relevées. Entre ses jambes se trouvait la partie inférieure d'un homme, dont la partie supérieure était cachée sous ses vêtements.

Là, Charlotte haleta.

— Est-ce qu'il… ?

— Lui donne du plaisir ? Il semblerait bien que ce soit le cas… oh, oui !

Charlotte détourna le regard du tableau pour regarder Roth. L'attention du comte n'était pas concentrée sur la toile, mais sur elle. Il la regardait avec des yeux plissés, abandonnant sa nature taquine au profit d'un désir brûlant sans équivoque.

— Eh bien ! Voilà qui ne manquera effectivement pas de susciter des conversations, murmura Charlotte alors que le désir l'envahissait.

— Ou autre chose. Quelque chose de bien plus… primitif.

Il se rapprocha, jusqu'à ce qu'un souffle seulement les sépare.

— Oui, murmura-t-elle, brûlant d'envie qu'il l'embrasse.

S'il n'en faisait rien, elle n'aurait plus qu'à céder à ses pulsions dévergondées et à entreprendre de le ravir.

CHAPITRE 4

L'envie d'embrasser Mme Dunthorpe manqua de le terrasser. Mais il n'était sans doute pas raisonnable d'embrasser quelqu'un qu'il appelait « Mme Dunthorpe ». Néanmoins, il brûlait d'envie de le faire.

Il n'avait pas ressenti un désir aussi intense depuis très longtemps. C'était presque terrifiant. Non, en réalité, c'était assurément terrifiant. Il ne voulait pas se sentir aussi attiré par quiconque.

Et pourtant, c'était le cas. Il n'avait qu'une envie : la prendre dans ses bras et l'embrasser jusqu'à ce qu'ils oublient tous les deux ce qu'ils faisaient dans la salle des paysages.

La *salle des paysages*. Il ne pouvait pas l'embrasser ici.

Cela signifiait-il qu'il envisagerait de le faire ailleurs ? Comme dans la chambre de Charlotte, ou dans la sienne ? Envisageait-il une liaison ?

Ralentis.

Aller trop vite lui avait valu une déception amoureuse. Il ne commettrait pas deux fois la même erreur.

Il faillit se retourner vers le tableau, mais décida que ce serait une très mauvaise idée, étant donné le genre de…

conversation qu'il suscitait. Au lieu de cela, il pivota vers le milieu de la pièce et s'éloigna d'elle d'un pas pour tempérer ses ardeurs.

— Pourquoi êtes-vous venue à Blickton pour cette partie de campagne ?

Il éprouvait le soudain besoin de connaître ses intentions, et de savoir si elles correspondaient aux siennes. Comme elle ne répondit pas immédiatement, il lui fit à nouveau face. Les traits de Charlotte étaient indéchiffrables, contrairement à quelques instants plus tôt, lorsqu'ils s'étaient presque embrassés.

— Surtout pour voir mon amie, lady Cosford, répondit-elle enfin.

— Surtout ? insista-t-il, détestant l'idée qu'il ait pu la décevoir en ne l'embrassant pas.

Mais Roth essayait de se comporter en gentleman, même si ses pensées depuis qu'il avait fait sa connaissance n'avaient rien de galant.

— Pourquoi êtes-vous venu ? lui demanda Charlotte à son tour.

— Pour faire une rencontre. Pour me remarier, précisa-t-il.

Comme il l'avait fait la nuit précédente, il imaginait quelque chose d'entièrement différent avec elle : une liaison temporaire et passionnée qui satisferait cette attirance foudroyante qu'il ressentait pour elle.

Il fallait qu'il s'éloigne. Il ne pouvait pas, et il ne voulait pas, perdre son cœur une seconde fois. Il n'était même pas certain d'en avoir encore un, du moins, pas un cœur au sens romantique. Tout l'amour que Roth éprouvait, il le donnait à ses filles, et c'était bien ainsi.

Elle lui sourit, doucement d'abord, puis plus franchement, avec une véritable chaleur.

— Oui, pour trouver une mère pour vos filles, je crois. Je

vous souhaite bonne chance dans votre recherche. Veuillez m'excuser, je pense que j'ai besoin d'un peu de repos.

Alors que Charlotte se dirigeait vers la porte, Roth fit un pas dans l'intention de l'arrêter. Dans quel but ? Il n'aurait pas besoin de s'en aller si elle partait. C'était pour le mieux.

Après le départ de Charlotte, Roth se rendit compte qu'il retenait sa respiration. Il la laissa s'échapper dans un léger souffle. Puis il jura.

Avec un dernier regard vers le tableau scabreux, il sortit de la salle des paysages et se rendit à l'étage jusqu'à sa chambre. Lui aussi avait besoin d'un peu de répit.

Ou d'un bain froid.

Ou de se masturber.

Ou les deux.

Roth traversa directement sa chambre à coucher pour se rendre dans le dressing. Son valet, Dyer, était en train de cirer les bottes de Roth ; il leva les yeux.

— My lord, quelque chose ne va pas ?

Roth commença à enlever sa veste, et Dyer mit la botte de côté et se leva d'un bond pour l'aider.

— Non. J'aimerais prendre un bain.

— Bien sûr, répondit Dyer, posant soigneusement la veste sur la malle de Roth.

Celui-ci desserra sa cravate.

— Je vais prendre un verre de cognac pendant que vous préparez le bain.

— Je reconnais ce froncement de sourcils, déclara Dyer. Qu'est-ce qui vous préoccupe ?

Il prit la cravate de Roth et la posa sur sa veste.

— Vous me connaissez trop bien.

Dyer, peut-être l'homme le plus élégant que Roth ait jamais connu, arqua son sourcil sombre.

— Je suis votre valet depuis près de vingt ans. Je l'espère.

Il avait également été un confident précieux. Personne

n'avait vraiment pris la mesure de la dévastation de Roth après avoir appris que sa femme ne l'avait épousé que pour son titre, que l'amour qu'il avait éprouvé pour elle n'avait été qu'à sens unique. Parce que Roth n'avait avoué la vérité à personne d'autre.

— J'ai rencontré une femme à cette partie de campagne.

— Il me semble que c'était le but, répondit Dyer, ironique. Laissez-moi vous servir votre cognac.

Il entra dans la chambre à coucher et Roth le suivit. Lorsque le valet lui tendit le verre, il en but une gorgée et savoura la chaleur de l'alcool qui glissait dans sa gorge.

— Cette femme ne ressemble à aucune autre que j'ai rencontrée.

— *Aucune* autre ?

— La... puissance de ma réaction à son égard me rappelle un peu Pamela.

Il y avait de la compréhension et de la compassion dans le regard bleu perspicace de Dyer.

— Je vois. J'imagine que cela vous préoccupe.

— Cela me terrifie, bon sang ! Je refuse de souffrir à nouveau ainsi.

Roth but une longue rasade de cognac et s'approcha de l'âtre, où brûlait un petit feu.

— Il est improbable que vous épousiez une autre femme comme lady Rotherham.

Il adressa un regard à son valet.

— Mais cela reste possible. De nombreuses personnes se marient dans le but de nouer une alliance, pour elles-mêmes ou pour leur famille, avec un membre de la noblesse ou une personne plus haut placée parmi les pairs.

Tel avait été l'objectif de la famille de Pamela : en tant que petite-fille d'un baron, elle devait se marier à un niveau aussi élevé que possible.

— Je ne vous vois pas épouser quelqu'un qui serait inté-
ressé par autre chose qu'un amour profond et durable.

Roth pensait l'avoir fait la première fois. Pamela lui avait
dit qu'elle l'aimait, qu'il était son rêve devenu réalité. Il avait
cru chacun de ses mots.

— Je préférerais aborder mon second mariage avec les
attentes appropriées.

En d'autres termes : aucune. Pouvait-il même s'attendre à
de la loyauté ? Au moins, Pamela avait été fidèle. Pour autant
qu'il le sache.

— Voilà qui est très cynique. Cela va à l'encontre de votre
nature profonde, remarqua Dyer d'une voix tranquille.

— Je suis obligé d'être cynique à ce sujet.

Roth était conscient qu'il semblait froid, mais que
pouvait-il faire ? Il avait été dupé une fois, et il ne permettrait
pas que cela se reproduise.

— Pamela m'a menti pendant toute la durée de notre
mariage. Seule la culpabilité l'a poussée à révéler la vérité
avant de mourir. Et je ne suis même pas sûr qu'elle m'ait tout
dit. Pour ce que j'en sais, elle a pu poursuivre sa liaison avec
l'homme qu'elle aimait pendant notre mariage.

— J'aimerais que vous ne vous torturiez pas. Vous n'avez
aucune preuve qu'elle ait été infidèle.

Certes, mais Roth s'était senti profondément trahi par sa
femme. Il lui était difficile de ne pas envisager que, même
lorsqu'elle s'était épanchée, elle n'avait pas été tout à fait
sincère. Pourquoi lui aurait-il fait confiance après avoir
appris que leur mariage n'avait été qu'un mensonge ?

Au moins, il pouvait être certain que ses filles étaient bien
de lui. Toutes deux présentaient des traits physiques résolument Ludlow. Le nez et le menton de Violet étaient incontestablement les mêmes que les siens, et Rosamund avait ses
yeux.

— Je vous conseillerais de ne pas vous priver de l'opportunité de tomber amoureux de quelqu'un qui partagera vos sentiments. Je pense qu'il est bien plus probable que *cela* se produise plutôt que ce que vous avez déjà enduré.

Roth but une nouvelle gorgée de cognac et adressa à Dyer un léger sourire.

— Vous êtes trop optimiste pour votre propre bien.

— L'optimisme m'a toujours réussi, notamment lorsque j'ai accepté le poste de valet d'un jeune homme de dix-sept ans qui, de son côté, souhaitait promouvoir un jeune valet de pied parce qu'il lui avait donné des conseils sur la manière de procurer du plaisir à une dame.

Roth pinça les lèvres. Cela faisait un certain temps que Dyer n'avait pas évoqué *ce* sujet. Lorsque son père avait insisté pour engager Dyer et non le jeune valet de pied, Roth avait boudé pendant une semaine.

— Ce sont des compétences utiles pour un valet, en particulier lorsqu'il assiste un jeune homme.

— Certes, mais un valet de chambre doit également savoir comment coiffer les cheveux et composer un ensemble élégant.

— Je ne prétendrai pas que vous n'étiez pas le meilleur choix, concéda Roth, lui adressant un regard peiné. Aviez-vous un point à faire valoir ?

— Le fait est que, si je n'avais pas été optimiste, j'aurais pu accepter l'autre offre que j'avais reçue, celle de devenir le valet de chambre du duc d'Evesham.

Roth cilla.

— Vous ne me l'avez jamais dit.

Dyer haussa les épaules.

— Cela n'en est pas moins vrai.

— Pourquoi refuser Evesham ? l'interrogea Roth, secouant la tête en riant. En fait, *comment* avez-vous pu refuser cette offre ? Je redouterais qu'il me détruise si j'étais dans son collimateur.

— Je me suis assuré qu'il y avait un autre candidat qui conviendrait mieux à lord Evesham. Quoi qu'il en soit, j'ai tenté ma chance avec vous, et je ne l'ai pas regretté un seul instant, expliqua Dyer, avant de froncer les sourcils. Cependant, si vous persistez à vous exclure de la possibilité d'un bonheur romantique, il se peut que je change d'avis.

Roth savait que l'autre homme avait de bonnes intentions, mais il allait trop loin dans son intervention.

— Comment se fait-il qu'un homme qui ne s'est jamais marié se sente suffisamment sûr de lui pour me conseiller sur de telles questions ?

— J'ai des regrets, répondit doucement Dyer, surprenant Roth. Ils n'ont rien à voir avec vous. Je ne voudrais pas que, dans vingt ans, vous regardiez en arrière et que vous regrettiez de n'avoir pas fait un autre choix.

Posant son cognac sur la cheminée, Roth fit un pas vers le valet.

— J'espère que vous ne m'avez pas choisi au détriment de l'amour.

Roth n'était pas sûr qu'il pourrait le supporter.

— Non, ce n'est pas le cas. C'était… avant. Et cela n'a plus d'importance, si ce n'est celle de vous servir de mise en garde. Pardonnez-moi, je dois m'occuper de votre bain.

Roth regarda cet homme, qu'il admirait beaucoup, se retirer vers le dressing. De là, il accéderait au couloir des domestiques et descendrait pour faire préparer son bain. Quel était ce choix que Dyer n'avait pas fait ? Qui n'avait-il pas choisi ? Cette décision le hantait-elle ou n'était-ce qu'un lointain souvenir qui ne tiraillait son cœur que vaguement, de temps à autre ?

Roth espérait que ce jour-là viendrait pour ses sentiments à l'égard de Pamela. Ce qu'il éprouvait n'était pas encore une tristesse ancienne qu'il pouvait se remémorer sans sentiment de perte ou de rancœur. Un jour…

En attendant, il ne pouvait se permettre d'être optimiste.

En revanche, ce que Dyer lui avait fait comprendre, c'était que Roth ne devait pas penser à ses besoins les plus primaires. Il n'était plus un jeune homme désespérément en mal d'interactions romantiques et sexuelles. Il était comte et père de famille.

Prenant son verre, il avala d'un trait le reste de cognac. Il avait besoin d'une mère pour ses filles, pas d'une femme capable de lui faire ressentir des choses qu'il valait mieux ne pas éprouver.

~

*C*harlotte écoutait à moitié la conversation de quelques dames dans le salon. Elle ne pouvait s'empêcher de surveiller la porte pour voir si Roth allait arriver.

Elle lui avait à peine adressé deux mots depuis leur rencontre dans la salle des paysages l'après-midi précédent. Ils s'étaient dit « bonsoir » la veille avant le dîner, mais rien de plus. Cecilia avait fait asseoir Charlotte à côté de lord Audlington. Il s'était révélé être un interlocuteur charmant et attentif. Elle avait lancé des coups d'œil furtifs vers Roth, mais, pour autant qu'elle pouvait en juger, il ne l'avait pas regardée une seule fois.

Il semblait être mal à l'aise en sa présence, maintenant. Peut-être l'avait-il trouvée trop entreprenante la veille, lorsqu'elle s'était pratiquement jetée sur lui en anticipant son baiser.

Elle avait été si convaincue qu'il allait poser ses lèvres sur les siennes que, voyant qu'il n'agissait pas, elle avait dû se retenir de réagir. Pour s'empêcher de se renfrogner, elle avait pincé les lèvres. Ensuite, elle avait serré les poings, de peur de l'attraper par les revers et de l'embrasser jusqu'à ce qu'ils en perdent la tête tous les deux.

Mme Fitzwarren occupait l'espace à droite de Charlotte sur le canapé. Elle était veuve, mais elles l'étaient toutes, ou, dans le cas de Charlotte, elles étaient censées l'être. Elle avait quelques années de plus que cette dernière, et elle avait quatre enfants. Ses yeux gris étincelaient d'un soupçon de malice quand elle se pencha légèrement en avant.

— Je me suis dit que nous pourrions partager la raison pour laquelle nous sommes toutes ici.

— Je pense que c'est évident, déclara en riant Mme Wynne-Hargest, une Galloise.

— L'une d'entre vous souhaite-t-elle se remarier ? s'enquit Mme Fitzwarren avec une grimace. J'avoue qu'il est difficile de l'envisager après cinq ans d'indépendance qui ont suivi dix ans de maternité. Je suis encore assez jeune pour concevoir à nouveau, mais je ne pense pas vouloir endurer cela ne serait-ce qu'une fois de plus.

Charlotte remarqua que plusieurs autres femmes hochaient la tête, exprimant leur accord ou peut-être leur sympathie. Se basant sur cela, il était aisé de voir lesquelles étaient mères : Mmes Fitzwarren, Wynne-Hargest et Grey, et lady Clinton. Dans leur cercle de six femmes, seule Mme Sheldon n'avait pas d'enfant, comme Charlotte. Elles échangèrent un rapide regard de sympathie, mais la jeune femme ne savait pas ce que ressentait Mme Sheldon à l'idée de ne pas être mère. Pour Charlotte, c'était une douleur à laquelle elle s'était habituée. C'était simplement une épreuve qu'elle devait endurer.

— Je serais prête à avoir d'autres enfants, dit Mme Wynne-Hargest en souriant. J'ai aimé être enceinte, et les bébés sont tellement adorables ! La maternité est, à bien des égards, meilleure que le mariage.

Les autres mères rirent en réponse. Mme Grey acquiesça vigoureusement.

— Pour ma part, la maternité a été le seul aspect gratifiant du mariage. Je suis très reconnaissante d'avoir des enfants !

Ses traits semblèrent s'illuminer, illustrant visiblement l'amour qu'elle ressentait. Charlotte résista à l'envie de se lever et de partir. Elle ne pouvait tout simplement pas contribuer à cette partie de la conversation, et l'écouter la rendait étonnamment triste.

Lady Clinton se tourna vers Mme Fitzwarren.

— Alors, pas de remariage pour vous ?

— Je pourrais l'envisager dans des circonstances appropriées. Et, avant que vous ne demandiez quelles sont ces circonstances, je n'en sais rien.

Mme Fitzwarren se mit à rire, rejointe par plusieurs autres. Elle tourna ensuite la tête vers Charlotte.

— Et vous, madame Dunthorpe ? Prendriez-vous un autre mari ?

Elle aurait été ravie de prendre un époux, tout court, sans parler d'un second. Hélas, cette chance lui avait été volée, et elle faisait de son mieux avec les conséquences.

Au moment où elle allait répondre à Mme Fitzwarren, Roth entra dans le salon avec Mme Makepeace, qui était peut-être la veuve la plus séduisante de cette partie de campagne. Et elle était certainement la plus jeune. Âgée d'à peine vingt-cinq ans, avec des cheveux blond foncé et des yeux noisette séduisants, elle était dotée d'un rire musical et d'une silhouette galbée. Elle s'habillait à la dernière mode, à tel point qu'on aurait dit qu'elle sortait d'une salle de bal londonienne au plus fort de la saison.

— Je pourrais l'envisager.

Charlotte aurait voulu ravaler ses mots. Elle n'avait pas eu l'intention de dire cela, car, bien sûr, elle ne pouvait pas envisager de se marier. Pas sans révéler son passé, et notamment comment elle avait réussi à survivre en tant que « veuve » pendant toutes ces années.

— Nous ne partageons pas ces informations avec ces messieurs, n'est-ce pas ? s'enquit-elle. Je ne suis pas à la recherche d'un époux, et je ne voudrais pas donner une mauvaise impression.

— C'est tout à fait compréhensible, dit Mme Hatcliff-Lind, hochant vigoureusement la tête. Cela reste entre nous, mesdames.

Charlotte aurait voulu le croire, mais elle savait qu'il était très facile de laisser échapper des choses. Facile pour les autres, en tout cas. Si quelqu'un était plus doué qu'elle pour garder des secrets, elle ne l'avait pas encore rencontré. Et c'était parce qu'elle en dissimulait de très importants.

Se tournant vers sa gauche, elle regarda lady Clinton, assise dans un fauteuil situé entre les deux canapés qui se faisaient face.

— Je suppose que c'est mon tour, déclara cette dernière en reniflant. Je me suis mariée par amour et pour la sécurité. Je referais volontiers un mariage d'amour, mais le reste ne m'intéresse plus. Malheureusement, je ne m'attends pas à ce que l'amour me frappe deux fois.

Mme Fitzwarren adressa un sourire encourageant à lady Clinton.

— On ne sait jamais. Ma sœur a été amoureuse plus d'une fois.

Ce fut ensuite le tour de Mme Sheldon, mais Charlotte n'entendit pas ce qu'elle disait, car elle observait Roth avec Mme Makepeace. Ils se tenaient près des fenêtres ; ils discutaient et souriaient. Il semblait préférer sa compagnie à celle de Charlotte.

Réprimant un froncement de sourcils, celle-ci se concentra à nouveau sur la conversation. Mme Wynne-Hargest avait la parole.

— Il semblerait que la majorité d'entre nous soient ici pour trouver une excitation temporaire, constata-t-elle, esquissant un léger sourire. L'avez-vous déjà trouvée, mesdames ?

Lady Clinton porta la main à sa poitrine.

— Je ne dirai rien.

— Nous pouvons certainement partager ce genre de choses entre nous, insista Mme Wynne-Hargest. Ne pourrions-nous pas toutes convenir que ce qui se passe à Blickton reste à Blickton ?

Certaines ladies hochèrent la tête. Charlotte resta complètement immobile. Mme Wynne-Hargest leva les mains et soupira.

— Très bien. Pour ce que cela vaut, je n'ai rien à partager, mais je le ferais si c'était le cas. En fait, j'espère trouver un... arrangement bientôt, et je vous tiendrai au courant.

Elle arqua les sourcils avec un sourire malicieux, et Charlotte faillit applaudir. Cela ne posait aucun problème aux hommes d'anticiper leurs exploits et d'en parler. Pourquoi les femmes ne pourraient-elles pas faire de même ?

Dans le cas de Charlotte, c'était parce qu'elle n'avait rien à partager. Elle n'arrivait même pas à obtenir un baiser. Pourtant, elle avait vraiment cru que le désir qu'elle éprouvait pour Roth était réciproque.

Elle jeta un nouveau coup d'œil dans sa direction et son ventre se noua. L'idée d'une liaison avec lui avait été incroyablement séduisante. Et la notion de quelque chose de plus était doublement enivrante. Elle avait laissé cette idée effleurer son esprit, ce qui était stupide, car c'était tout simplement impossible. D'une part, il était d'un statut largement supérieur au sien. Mais, surtout, elle ne pouvait pas lui avouer la vérité.

Pire encore, il était tout à fait possible qu'il soit ami avec lord Sleaford, le seul homme capable de la ruiner complètement. Un effroi glacial lui parcourut l'échine. Elle avait eu tort de venir ici. Si elle avait le moindre instinct de conservation, elle retournerait à Birmingham sur-le-champ.

Que faisait-elle ici ? Elle aurait dû s'arranger pour rendre visite à Cecilia à un autre moment. Ces gens étaient ici pour se marier, pour trouver des partenaires qui les aideraient à élever leurs enfants. Elle jeta un coup d'œil à Mme Sheldon et se rendit compte que ce n'était pas tout à fait son cas. Cette femme avait-elle également le sentiment d'être en marge de cette assemblée et de la regarder de l'extérieur ?

Cecilia entra dans le salon.

— C'est l'heure du colin-maillard dans la salle de bal, annonça-t-elle.

Tout le monde se leva, mais Charlotte le fit lentement. Cecilia l'avait informée que cette version de colin-maillard inclurait des baisers. La jeune femme n'aimait déjà pas voir Roth avec Mme Makepeace. Elle ne voulait pas prendre le risque de les voir également s'embrasser.

Au lieu de suivre tout le monde, elle s'éloigna en direction de l'escalier, et, finalement, de sa chambre. Là, elle réfléchirait à la manière d'annoncer à Cecilia qu'elle souhaitait rentrer chez elle.

CHAPITRE 5

$\mathcal{L}$e soleil de l'après-midi apportait une luminosité bienvenue après la grisaille des derniers jours. La plupart des participants à la partie de campagne étaient rassemblés à l'extérieur du salon en vue d'une promenade jusqu'à la rivière Swift.

Roth jeta un coup d'œil autour de lui et remarqua que quelques couples s'étaient formés. Il y avait son ami Audlington et Mme Sheldon, bien sûr. La veille, ils s'étaient amoureusement embrassés au cours d'une variante du jeu de colin-maillard, puis ils avaient disparu. Il semblait que Mme Fitzwarren et sir Godwin se soient attachés l'un à l'autre après avoir été vus assis l'un près de l'autre après le dîner. Ils avaient quitté le salon à quelques instants d'intervalle, et, ce jour-là, ils semblaient encore plus intimes alors qu'ils se tenaient ensemble, leurs bras se frôlant tandis qu'ils souriaient et riaient. Roth aurait pu imaginer faire de même avec Mme Dunthorpe.

Mais elle n'était pas là. En fait, il ne l'avait pas vue depuis l'après-midi précédent, avant le jeu de colin-maillard. Son absence lors de cette activité lui avait paru d'autant plus curieuse qu'il venait de la voir dans le salon. Tous ceux qui s'y trouvaient s'étaient dirigés vers la salle de bal.

Sauf Mme Dunthorpe.

Ensuite, elle n'était pas venue au dîner. Il n'avait pas voulu demander de ses nouvelles à Cosford la veille au soir, et aucune annonce n'avait été faite. Peut-être était-elle simplement malade. Cependant, Roth craignait qu'elle ne soit partie.

Il se dirigea vers lady Cosford, qui se tenait près des portes menant à l'extérieur du salon. Peut-être attendait-elle une personne qui pourrait encore sortir.

— Roth, êtes-vous impatient de participer à la promenade ? s'enquit-elle.

— C'est le cas, merci. J'avais espéré parler à Mme Dunthorpe, mais elle est absente. Aurait-elle, par hasard, quitté Blickton ?

Une lueur de surprise traversa le regard de lady Cosford.

— Elle est toujours là. Elle ne se sentait pas bien hier, mais j'espère qu'elle se joindra à nous aujourd'hui.

Elle ne semblait pas du tout sûre d'elle. C'était démoralisant. Leur hôtesse lui adressa un sourire enjoué.

— Venez ! Il y aura de délicieux rafraîchissements et de la bière au bord de la rivière.

Elle s'en alla rejoindre son mari, qui se tourna vers les convives rassemblés.

— Tout le monde est prêt ? s'enquit leur hôte. En chemin, nous nous arrêterons à la nouvelle folie. Elle n'est pas terminée, mais elle est bien avancée. Ensuite, nous poursuivrons jusqu'à la rivière, où nous prendrons des rafraîchissements. Ne vous perdez pas !

Lady Cosford lui saisit le bras et ils prirent la tête du groupe qui se dirigeait vers la rivière Swift en passant par la folie. Jetant un dernier regard persistant sur la maison, Roth envisagea presque d'abandonner l'excursion. Finalement, il rejoignit le groupe, marchant quelque part au milieu de la procession. Apparemment, tout le monde était en binôme, à l'exception de lui. Mais il manquait une femme puisque Mme Dunthorpe n'était pas venue.

Ils s'arrêtèrent à la folie, et Roth décida qu'il préférait continuer seul jusqu'à la rivière. Au moins, c'était agréable d'être dehors. Ses filles, en particulier Rosamund, auraient adoré l'excursion à la rivière. Violet aurait trouvé cette folie intéressante. Elle aurait pu y voir une grande maison de poupée, ou du moins un endroit où elle pourrait jouer à faire semblant.

Le sentier s'élargit pour déboucher sur une parcelle d'herbe près de la rivière Swift. Des tables et des chaises avaient été installées : un pique-nique avec des couvertures aurait été un véritable désastre avec la pluie qui était tombée ces derniers jours, et un trio de valets de pied se tenait prêt à servir.

Roth remarqua la présence de quelqu'un d'autre. Une femme vêtue d'une robe de marche en mousseline ornée de motifs végétaux se tenait près de la berge, une coiffe masquant ses traits. Mais comme il ne s'agissait pas d'une femme de chambre, Roth devina qu'il s'agissait de Mme Dunthorpe. En tout cas, il l'espérait ardemment.

À grandes enjambées, il réduisit la distance entre eux, jusqu'à ce qu'il la rejoigne. Elle tourna la tête au moment où il arrivait à sa hauteur.

— Lord Rotherham ! s'exclama-t-elle, avec une pointe de surprise, puis elle regarda derrière lui. Êtes-vous venu seul ? Je croyais que tout le groupe participait à la promenade vers la rivière.

Il nota qu'elle l'appelait « lord Rotherham » et non pas Roth. Les choses ne s'étaient pas seulement refroidies entre eux depuis la salle des paysages, elles étaient devenues glaciales. Mais, à qui la faute ? Il ne lui avait pas parlé pendant la soirée qui avait suivi leur rencontre intense et la découverte de la peinture obscène. Et, la veille, elle avait été presque totalement absente.

— Ils ne sont pas loin derrière moi. Ils se sont arrêtés à la folie.

— Cela ne vous intéressait pas ? l'interrogea-t-elle.

— Pas particulièrement. Vous avez devancé tout le monde, remarqua-t-il. Je suppose que la promenade ne vous intéressait pas non plus ?

Elle sourit d'un air coupable.

— Je suis arrivée en avance dehors et le beau temps m'a tellement enthousiasmée que je n'ai pas pu attendre.

— Alors, vous allez bien ? Lady Cosford m'a dit que vous n'étiez pas très en forme.

— Je vais très bien aujourd'hui, merci.

— Vous m'avez manqué hier, déclara-t-il en regardant la rivière.

Il ne voulait pas observer sa réaction, au cas où elle ne se soucierait pas de ce qu'il pensait de son absence.

— C'est agréable à entendre, répondit-elle d'une voix douce.

Ils restèrent silencieux un moment. Il lui lança un regard en coin et constata qu'elle aussi était concentrée sur l'eau qui s'écoulait en dessous d'eux.

Finalement, elle pivota légèrement vers lui.

— Il semblerait que nous nous évitions depuis l'autre jour. Je vous l'avoue, je n'étais pas malade hier. J'avais juste besoin d'un peu de recul par rapport à la fête.

Sa franchise audacieuse le choqua autant qu'elle l'enthousiasma. Il aurait été bien plus commode de continuer comme ils le faisaient, et de prétendre qu'ils n'avaient pas partagé une connexion viscérale. Il ne pensait vraiment pas que cela avait été à sens unique, mais il ne leur avait pas laissé l'occasion de s'en assurer.

Roth croisa le regard de Charlotte : il voulait répondre à sa franchise par la sienne.

— Alors, je dois vous avouer à mon tour que je vous évitais après la salle des paysages.

Avant qu'il ne puisse en dire davantage, elle déclara :

— J'en avais bien l'impression. De toute façon, c'est probablement mieux ainsi, affirma-t-elle, et elle sourit, mais Roth sentit une pointe de tristesse ou de regret dans sa voix. Vous cherchez une nouvelle épouse, et je n'ai pas l'intention de me remarier. Je vous ai vu avec Mme Makepeace hier. Il me semble qu'elle ferait un bon parti. Je suis d'ailleurs surprise que vous ne l'escortiez pas aujourd'hui.

Roth expira après avoir apparemment retenu son souffle. Il était sans doute un peu surpris d'entendre qu'elle ne souhaitait pas se remarier. Et qu'elle l'associait avec une autre invitée.

— Je m'inquiétais de ressentir trop… de choses pour vous, admit-il, révélant ce qu'il avait voulu dire après lui avoir avoué qu'il l'évitait.

Ses délicats sourcils auburn s'arquèrent.

— Trop de choses ?

— J'ai ressenti une connexion instantanée avec vous dès le premier jour de la partie de campagne. Je pensais que vous l'aviez sentie aussi.

— C'est le cas, confirma-t-elle d'une voix douce.

Merde ! Il s'en était douté, mais l'entendre le dire lui donnait envie d'oublier tous ses doutes et de la prendre dans ses bras. Cependant, il ne pouvait pas le faire.

— Je craignais de me laisser entraîner par notre attirance mutuelle au lieu de me concentrer sur ce dont j'avais besoin : trouver une mère pour mes filles, expliqua-t-il, les yeux baissés, avant de lancer un caillou dans la rivière. Je n'aurais pas dû vous éviter.

Il resta silencieux quelques instants. Puis, relevant les yeux vers ceux de Charlotte, il poursuivit :

— Je vous prie d'accepter mes excuses.

— Vous n'avez pas à vous excuser. Je ne peux pas nier que ce qui est… né entre nous était plutôt puissant, n'est-ce pas ?

Roth acquiesça, ne pouvant s'empêcher de sourire.

— Oui. Et comme je suis à la recherche d'une épouse et que vous n'êtes pas en quête d'un mari, vous avez raison : il vaut mieux que nos chemins se séparent. Du moins, sur le plan romantique, ajouta-t-il, car, outre l'attirance physique qu'il avait ressentie pour Charlotte, Roth l'appréciait aussi. J'espère que nous pourrons être amis.

— Cela me plairait. Même si, pour être tout à fait honnête, j'aurais aimé que nous nous embrassions l'autre jour. Rien qu'une fois.

Elle esquissa un bref sourire avant de se tourner à nouveau vers la rivière.

Bon sang ! Elle l'avait fait. Elle avait exprimé ce qu'il avait eu peur d'admettre, y compris à lui-même, à savoir que, si on lui en offrait l'occasion, il retournerait à la salle des paysages deux jours plus tôt et l'embrasserait jusqu'à ce qu'ils en perdent tous les deux la raison.

— J'ai le même regret que vous, murmura-t-il, se demandant si elle pouvait l'entendre.

Elle plissa les yeux en le regardant, lui confirmant que ses paroles ne s'étaient pas perdues dans le vent.

La brise porta des voix jusqu'à eux, celles des autres convives qui commençaient à arriver. Les valets de pied se déplacèrent pour servir des rafraîchissements, des gâteaux, des biscuits, du ratafia et de la bière.

Roth se sentait soudain frustré, rongé par le regret.

— Et si nous allions prendre une bière ? suggéra Charlotte. Je crois savoir qu'il s'agit d'un lot spécial que lord Cosford a commandé à son brasseur juste pour cette occasion.

— Parfait, dit Roth avec un sourire forcé.

Il avait l'impression d'être complètement oppressé.

Ils rejoignirent les autres et goûtèrent la bière. Elle était très bonne, et Roth but rapidement sa première chope. Le valet de pied remplit à nouveau son verre et Roth se retira sur le côté pour ruminer son amertume. Maintenant qu'il connaissait la vérité pure et simple, à savoir que Mme Dunthorpe et lui ne partageaient pas seulement leur passion, mais qu'ils regrettaient de ne pas l'avoir concrétisée, il ne savait plus où il en était. Malheureusement, il ne pouvait pas remonter le temps. Mais comment pourrait-il aller de l'avant avec cette idée en tête ?

Le conseil de Dyer lui revint à l'esprit. Roth ne voulait pas vivre avec des regrets.

Il but lentement sa deuxième chope de bière, ne quittant que rarement Mme Dunthorpe des yeux. Quelqu'un risquait de remarquer l'attention soutenue qu'il lui portait, mais il s'en moquait. Il attendait quelque chose…

Et *voilà*.

Elle s'était éloignée de la rivière, dans la direction opposée au chemin. Où allait-elle ?

Roth s'approcha d'elle à grands pas, et il remarqua que, devant elle, se trouvait une petite ouverture entre les arbustes. Elle avait les yeux rivés sur le sol.

— Avez-vous vu quelque chose ? l'interrogea-t-il.

— Un lapin.

— Peut-être devrions-nous le chercher, suggéra-t-il.

Son cœur se bloqua dans sa poitrine alors qu'il attendait, à bout de souffle, la réponse de la jeune femme. Elle posa sur lui un regard brûlant.

— Je crois que nous n'avons pas vraiment le choix.

Roth saisit la main de Charlotte et la guida à travers les arbustes. Quelques pas plus loin, il la tira derrière un arbre. Il jeta sa bière et laissa tomber la chope, puis passa son bras autour de la taille de la jeune femme.

— Si tu veux vraiment trouver le lapin, dis-le-moi maintenant, s'enquit-il d'une voix rauque.

— Il n'y a pas de lapin.

— Sirène, murmura-t-il avant de l'attirer contre lui et de s'emparer de sa bouche dans un baiser brûlant.

Charlotte enroula ses bras autour du cou de Roth et se blottit contre lui. Il l'appuya sur l'arbre, la serrant dans ses bras, de sorte que leurs bassins soient bloqués l'un contre l'autre.

La langue de la jeune femme rencontra la sienne et leur passion explosa en un désir incendiaire. Il perdit tous ses sens, à l'exception de la sensation exquise de l'avoir dans ses bras, de la chaleur de sa bouche et du son de ses doux gémissements alors qu'ils s'embrassaient.

Il se languissait de lui retirer sa coiffe, de glisser ses doigts dans ses cheveux et de la décoiffer complètement. De la ravir. De faire en sorte que ni l'un ni l'autre n'oublie jamais ce moment.

Il n'était pas sûr de pouvoir un jour le faire. Elle éveillait en lui des réactions qu'il n'avait jamais connues, un besoin primitif de la posséder, de la revendiquer complètement, et d'être possédé et revendiqué par elle.

Ils se séparèrent, haletants. Charlotte fit glisser ses mains sur le devant de la veste de Roth.

— Alors, avons-nous réglé cette question ?

Au son de sa voix, on aurait dit qu'elle avait couru de la maison à la rivière.

Il avait envie de lui dire que non. Qu'il n'était pas sûr qu'ils puissent un jour « régler » quoi que ce soit. Il voulait lui assurer qu'il ne cesserait jamais de la désirer, qu'il imaginerait toujours comment les choses auraient pu être différentes.

Mais elle ne voulait pas se marier. Tandis que lui avait besoin de le faire.

— Oui… je dirais que oui.

Son mensonge lui brûla la bouche comme de l'acide.

— Merci, lui dit-elle, les yeux brillants. Je garderai précieusement ce souvenir… à tout jamais.

Elle se glissa derrière lui et traversa à nouveau les buissons.

Il la suivit du regard, comprenant que leur étreinte n'avait pas arrangé les choses entre eux. Ils partageaient le même avis à propos de ce baiser, qu'il avait changé leur vie, et cela le poussait à la désirer encore plus.

Avait-il seulement réussi à accroître son sentiment de regret ? Une chose était sûre : il la désirait maintenant encore plus qu'avant.

En fait, il était certain d'une autre chose aussi : il n'avait toujours pas envie de vivre avec des regrets.

~

*A*près sa rencontre avec Roth près de la rivière, Charlotte n'avait absolument plus aucune envie de s'en aller. Elle était descendue pour le dîner et avait découvert que Cecilia l'avait placée à côté de Roth, ce qui avait entraîné une soirée tout à fait merveilleuse.

Et elle n'était pas encore terminée.

Alors que les dames se rendaient dans le salon après le dîner, Charlotte attendit que les autres aient pris place sur les fauteuils et les canapés, puis elle s'approcha de Cecilia avant qu'elle ne puisse s'asseoir à son tour.

— Puis-je te parler un instant ? s'enquit Charlotte.

— Bien sûr, répondit Cecilia, qui la conduisit sur le côté de la pièce, à l'écart des autres. Quelque chose ne va pas ?

— Je me demandais s'il y avait une raison pour laquelle tu m'avais assise à côté de lord Rotherham ce soir.

La lueur dans les yeux de Cecilia et son rapide coup d'œil vers la droite la trahirent.

— Tu ne t'étais pas encore assise auprès de lui.

— Essaie encore, répondit Charlotte en riant.

Cecilia la fixa d'un regard attentif.

— J'ai remarqué que vous aviez tous les deux disparu un court moment au bord de la rivière. *Et* je sais que Roth est arrivé au bord de la rivière avant le groupe, et que tu étais déjà là. Cela vous a permis d'être un peu seuls tous les deux.

— Être seule avec quelqu'un, en compagnie de trois valets de pied, c'est une incitation à nous asseoir l'un à côté de l'autre ?

— Tes questions ne font que confirmer mes soupçons, rétorqua Cecilia, qui afficha un sourire radieux. Je ne te demanderai pas de détails… pour l'instant. Je suis tellement heureuse à l'idée que lui et toi appréciiez la compagnie de l'autre. Même si ce n'est que temporaire.

— Je suis contente que tu m'aies convaincue de rester, répondit Charlotte.

Après avoir manqué la partie de colin-maillard, elle avait envoyé à Cecilia un message disant qu'elle souhaitait retourner à Birmingham. C'était ce qui avait incité son amie à venir la voir, et à s'enquérir de la raison pour laquelle elle voulait partir.

Charlotte s'était efforcée de ne pas se montrer trop précise, car elle ne voulait pas raconter à Cecilia ce qui s'était passé avec Roth dans la salle des paysages. Au lieu de cela, elle s'était contentée de dire que la fête n'était pas ce à quoi elle s'attendait.

Outre le fait qu'elle avait ironisé sur le fait que, si Charlotte partait, les nombres seraient déséquilibrés, Cecilia l'avait convaincue que la partie de campagne et ses activités étaient amusantes. Elle n'avait pas tort. Charlotte s'amusait effectivement… la plupart du temps. Elle avait laissé le doute et l'inquiétude s'installer quand Roth avait commencé à l'éviter après leur rencontre dans la salle des paysages.

Il y avait également eu la conversation troublante avec les autres femmes, la veille, dans le salon. Leur discussion sur la maternité avait engendré une certaine tristesse qui, à son tour, avait poussé Charlotte à se demander ce qu'elle faisait ici. Et cela allait au-delà de cette partie de campagne, même si cela faisait longtemps qu'elle ne s'était pas sentie comme une impostrice. Se retrouver au sein de ce groupe de personnes, peut-être parce qu'elle ne les connaissait pas, lui rappelait qu'elle ne pouvait jamais être entièrement elle-même.

Cecilia lui toucha le bras.

— Je suis ravie que tu aies décidé de rester.

— Mais, ne t'en mêle pas, s'il te plaît, lui demanda Charlotte avec douceur. Je sais que c'est une tradition dans ta famille de jouer les entremetteurs, mais, je t'en prie, ne te sens pas obligée de me trouver quelqu'un.

— Je me disais que tu pourrais finalement envisager un remariage, répondit Cecilia d'un air soucieux. N'est-ce pas ce que tu as dit hier ?

Comme Cecilia n'était pas présente dans le salon lorsque Charlotte s'était mal exprimée, quelqu'un d'autre avait dû le lui répéter. N'avaient-elles pas convenu de ne pas divulguer d'informations ? Ou bien ne devaient-elles les cacher qu'aux gentlemen ? Quoi qu'il en soit, Charlotte avait provoqué cette pagaille en se laissant aller à parler librement.

— Ce n'est pas ce que je voulais dire, grommela la jeune femme. S'il te plaît, ne joue pas les entremetteuses avec moi. Je ne veux pas me remarier.

Elle ne *pouvait pas*.

— Je ne voulais pas te contrarier, assura Cecilia, inquiète.

Je respecterai tes souhaits, bien sûr. Et je ne suggérerai pas que Roth et toi vous mettiez ensemble pour le concours de danse que je vais annoncer sous peu.

Charlotte plissa légèrement les yeux.

— Quel genre de concours ?

— Nous allons nous rendre dans la salle de bal, où il y a davantage d'espace, et former deux lignes. Ensuite, je me suis dit que les couples pourraient faire la démonstration de leurs meilleurs pas. Ce serait plutôt libre et décontracté, expliqua Cecilia, qui fronça légèrement les sourcils. Est-ce que cela a l'air terrible ?

— Au contraire. C'est très inspiré, la rassura Charlotte.

La jeune femme avait la ferme intention de faire équipe avec Roth, et ils pourraient faire la démonstration de leur Tourbillon paysager.

— Y a-t-il une récompense pour la meilleure danse ?

Cecilia inclina la tête.

— Je ne l'avais pas envisagé.

— Comment peux-tu organiser un concours s'il n'y a pas de récompense ?

— Tu n'as pas tort. L'année dernière, lors de la partie de campagne, nous avons organisé une chasse aux objets. Les vainqueurs, les premiers à trouver tous les objets de la liste, ont gagné le droit de placer les gens à la table du dîner suivant.

Charlotte éclata de rire.

— Ce n'est pas un grand prix.

— Non, c'est vrai. Mais c'était une décision hâtive, car j'avais également négligé de penser à une récompense pour les gagnants ! s'exclama Cecilia avec un petit sourire. Que me recommanderais-tu ?

— La bière de cet après-midi était délicieuse. Peut-être pourriez-vous offrir un tonneau au vainqueur ?

— C'est fantastique ! Il ne me reste plus qu'à convaincre

Cosford de s'en séparer, affirma-t-elle en adressant un clin d'œil à Charlotte. Oh! On dirait que ces messieurs ont déjà fini leur porto.

Le regard de Charlotte se tourna vers la porte au moment où les hommes commençaient à entrer. Roth franchit le seuil d'un pas léger et donna d'abord l'impression de venir droit vers elle. Ensuite, il sembla se rendre compte que Cecilia se tenait à côté d'elle et il changea de direction.

Charlotte coula un regard vers son amie, qui semblait réprimer un sourire, pinçant les lèvres.

Lorsque le mari de Cecilia entra, elle s'excusa pour aller le rejoindre. Avant que Charlotte ait pu tourner les yeux vers Roth, celui-ci s'avança vers elle.

Le cœur de la jeune femme manqua un battement. Jamais de sa vie elle n'avait connu une… attirance telle que celle qui existait entre eux. Leur baiser avait été sublime, et elle n'était pas sûre de croire un seul instant que ce serait la fin entre eux, malgré ce qu'ils avaient dit tous les deux.

D'autant plus qu'elle avait menti.

Ce baiser n'avait rien « réglé » du tout. Il n'avait fait qu'éveiller un désir encore plus grand, et elle espérait qu'ils auraient l'occasion de le satisfaire avant la fin de la partie de campagne.

S'ils n'en faisaient rien, elle n'aurait rien perdu non plus.

— Il va y avoir un concours de danse, annonça Charlotte sans préambule lorsqu'il arriva devant elle. Dans la salle de bal. Je pense que nous devrions faire le Tourbillon paysager.

Roth éclata de rire.

— Vraiment ? Je ne voudrais pas te décevoir.

C'est alors que Cecilia et son mari annoncèrent et expliquèrent le concours, et, quelques instants plus tard, tous se rendirent dans la salle de bal. Peut-être pas tous. Apparemment, quelques personnes, ou plutôt quelques couples s'étaient éclipsés.

Roth lui présenta son bras, et Charlotte s'empressa d'enrouler sa main autour de sa manche. Une fois qu'ils furent entrés dans la salle de bal, Cecilia les guida pour qu'ils forment deux lignes.

— Oh, parfait ! Nous sommes en nombre pair, remarqua-t-elle avec un large sourire. Et il semblerait que lord Rotherham et Mme Dunthorpe mèneront la danse.

Elle se tourna vers Mme Goodlands, qui était déjà au piano.

— D'où est-elle sortie ? s'enquit Roth à voix basse.

Charlotte rit doucement, tout comme le couple, formé de sir Nathaniel et de Mme Grey, qui se trouvait à côté d'eux.

— Peut-être y a-t-il une porte secrète, suggéra Roth, de la joie dans le regard. Ce serait un véritable enchantement !

— Pour être clair, il n'y a ni règles ni exigences, annonça Cosford. Vous pouvez nous faire la démonstration de la danse qui, selon vous, gagnera. Le prix sera assurément très convoité, puisqu'il s'agit d'un tonneau de la bière que nous avons dégustée aujourd'hui au bord de l'eau.

Cette annonce fut saluée par une approbation générale de la part des convives, en particulier des hommes.

— J'espère que vous voulez dire deux tonneaux, lança Mme Wynne-Hargest. Je ne partage pas le mien avec mon partenaire !

Tout le monde éclata de rire, et Cosford inclina la tête.

— Un tonneau chacun, précisa-t-il. Et maintenant, dansons !

Il regarda Charlotte et Roth.

— Prête ? s'enquit Roth.

— Je suppose que oui. J'espère que notre danse s'accordera avec l'air que jouera Mme Goodlands.

Roth lui adressa un sourire confiant, qui lui réchauffa le sang.

— Nous nous débrouillerons.

La musique commença et Roth s'avança au milieu de l'espace qui les séparait. Alors que Charlotte se hâtait de le rejoindre, il s'exclama :

— Le Tourbillon paysager !

Il lui serra la taille et Charlotte posa ses mains sur ses épaules. Puis ils tournèrent en cercles lents pendant que les autres parlaient et riaient.

Charlotte entendit :

— Qu'est-ce que le Tourbillon paysager ?

— Je n'ai jamais rien vu de tel.

— Vous l'avez inventé !

— Quelle scandaleuse façon de danser ! J'aime ça !

Charlotte n'était pas tout à fait sûre de savoir qui avait dit quoi, mais elle était presque certaine que la dernière phrase avait été prononcée par Mme Wynne-Hargest.

— Bien sûr que nous l'avons inventé, répondit Roth à l'un des commentaires.

— Tu aurais dû dire que nous l'inventions à mesure que nous dansons, murmura Charlotte. Sinon, ils vont croire que nous avons conspiré.

— *Conspirer* semble si délicieux, n'est-ce pas ?

Pensant que tout ce qui avait trait à lui était plus que merveilleux, elle croisa son regard vert. Alors qu'ils approchaient de la fin de la ligne, elle commença à se sentir un peu étourdie.

— Et si, au lieu de faire des pirouettes, nous faisions des pas de danse ? Sans cela nous devrons faire cette chose où tu me serres très fort pour que je ne sois pas encore plus étourdie.

— Je crains de ne pouvoir refuser une offre aussi alléchante, lui dit-il en souriant.

Il l'attira plus près de lui, et, au lieu de virevolter, la guida vers l'arrière par une série de pas arrêtés, comme son menuet, qu'elle parvint à suivre.

— C'est mieux ?

— Oui. Jusqu'à ce que tu doives me laisser partir.

Leurs yeux se croisèrent, et, sans un mot, il lui dit qu'il n'en avait pas envie.

Mais il finit par le faire. Ils regardèrent les autres danseurs qui faisaient de leur mieux pour surpasser le Tourbillon paysager. Chaque danse était de plus en plus élaborée, voire ridicule, et, à la fin, tout le monde pleurait de rire.

Lady Bradford s'approcha de Charlotte, se plaçant entre elle et Roth.

— Votre danse avec lord Rotherham était inspirée. Comment l'avez-vous imaginée ?

Mme Wynne-Hargest les rejoignit.

— Je pense que la question la plus intéressante est de savoir si Mme Dunthorpe et lord Rotherham se sont entraînés en privé.

Elle agita ses sourcils de manière suggestive et sourit.

— Elle s'inspire en partie du menuet et d'une autre danse autrichienne.

Charlotte se tourna vers Roth, mais il discutait de son côté avec quelques gentlemen.

— Il est temps pour nous de voter ! annonça Cecilia.

— Est-ce nécessaire ? s'enquit Mme Wynne-Hargest. Tout le monde a été brillant.

— Mais, si nous ne votons pas, qui aura la bière ? s'interrogea sir Godwin à voix haute.

— Nous pourrions tirer des noms au sort, suggéra Cecilia. Cela suffirait-il ?

Cette proposition fut accueillie par des acclamations tandis que quelques valets de pied circulaient avec des plateaux de vin et de spiritueux. Charlotte observa les hommes qui entouraient Roth et qui prenaient des verres sur le plateau. Il hésita, puis prit un porto.

Allait-il s'excuser pour revenir vers elle ? Et ensuite, quoi ?

Ils se faufileraient à l'étage et s'abandonneraient à la tentation ?

En dépit de la nature intense de leur danse, aucun d'entre eux n'avait changé les règles depuis cet après-midi où ils avaient proclamé qu'ils étaient prêts à mettre leur attirance derrière eux.

La tentation semblait ne pas vouloir disparaître ; il leur appartenait donc de résister.

Charlotte s'obligea à tourner les talons et à quitter la salle de bal. Si elle ne gardait de cette partie de campagne que les souvenirs qu'elle avait déjà créés avec Roth, ce serait suffisant.

Elle n'avait pas le choix.

CHAPITRE 6

e lendemain après-midi, Roth se rendit à la salle de jeu pour le tournoi de whist, espérant y voir Mme Dunthorpe... *Charlotte*. Il refusait tout simplement de penser à elle de manière aussi formelle. Pas après leur étreinte près de la rivière et pas après les rêves très érotiques qu'il avait faits d'elle la nuit précédente.

La manière dont ils avaient été séparés après la danse avait été très frustrante. Et pourtant, s'il s'était excusé auprès des autres hommes pour retourner auprès d'elle, les gens l'auraient remarqué. La dernière chose qu'il souhaitait, ou dont il avait besoin, était que les autres invités, en particulier les gentlemen, se fassent des idées sur son... lien avec Charlotte.

D'autant plus qu'ils avaient convenu à la rivière que leur baiser avait réglé leur attirance.

Sauf que, ce jour-là, il brûlait d'envie de revenir sur cet accord.

La veille, pendant qu'ils dansaient, il avait eu le sentiment qu'elle ressentait peut-être la même chose. Il lui aurait posé la question s'il en avait eu l'occasion. Au lieu de cela, il avait choisi la voie de la facilité, une voie qui pourrait encore être jalonnée de regrets.

— Bonjour, Roth, le salua Cosford quand il entra dans la salle de jeu. Magnifique promenade à cheval ce matin, n'est-ce pas ?

— Effectivement.

Quelques-uns des messieurs avaient fait une longue promenade à cheval, ce qui avait empêché Roth de voir Charlotte. Voilà pourquoi il comptait sur sa présence dans la salle.

Et que feras-tu d'elle ?

La voix irritante présente dans le fond de son esprit lui posait des variantes de cette question depuis le début de la journée. Il savait ce qu'il souhaitait faire : la prendre dans ses bras et l'emmener à toute allure à l'étage, où il la ravirait, et, espérait-il, elle le ravirait à son tour.

Il avait juste besoin d'un signe ferme de sa part pour savoir si elle en avait envie. Si elle ne désirait pas se marier, voudrait-elle plutôt une liaison courte et exceptionnellement torride ?

Balayant la pièce du regard, Roth calcula qu'environ la moitié des invités étaient présents. Lorsqu'il consulta l'horloge sur le manteau de la cheminée, il constata que le tournoi devait commencer quinze minutes plus tard. Elle avait encore le temps d'apparaître. Il espérait seulement qu'elle n'arriverait pas juste au moment où ils allaient s'asseoir pour jouer.

— Je me souviens que tu étais plutôt bon au whist, remarqua Cosford, tirant Roth de ses pensées.

— Je n'ai pas participé à un tournoi depuis un certain temps, mais j'aime ce jeu, effectivement.

Il exigeait un grand sens de la stratégie, et mémoriser les

cartes était essentiel. Roth pouvait se perdre entièrement dans une excellente partie. Si Charlotte ne se montrait pas, c'était ce qu'il ferait. Cette distraction serait la bienvenue. Bon sang ! Dans tous les cas, cette distraction serait la bienvenue. Ce n'était pas comme si l'arrivée de Charlotte allait magiquement atténuer son désir non partagé.

Dont il n'était pas certain qu'il ne soit pas réciproque. Ce n'était certainement pas le cas au début, et il ne pouvait pas croire qu'elle avait complètement tourné la page, pas après la façon dont ils avaient dansé la soirée précédente.

Le regard de Roth se porta à nouveau sur la porte, comme il l'avait fait un nombre incalculable de fois au cours des dernières minutes. Son cœur fit un bond. *Elle était là.*

Charlotte entra dans la salle de jeu, la jupe de sa robe en mousseline rayée se balançant au gré de ses mouvements. Ses magnifiques cheveux auburn étaient simplement coiffés, avec un bandeau jaune pâle. Des boucles encadraient son visage, qui s'éclaira d'une certaine émotion lorsque son regard croisa celui de Roth.

Incapable de détourner les yeux, il murmura quelque chose à son hôte avant de se diriger vers elle, sans se préoccuper de ce que l'on penserait de ses actes ou de l'attention qu'il lui portait. Roth la but du regard, comme un porto savoureux et délicieux.

Elle le rejoignit à mi-chemin, s'avançant plus loin dans la pièce.

— Bonjour.

— Je n'étais pas sûr que tu viendrais, lui dit-il en souriant. Je suis ravi que tu l'aies fait.

— J'aime jouer au whist.

Il l'accompagna sur le côté de la pièce, en partie pour s'écarter du passage, mais aussi pour se retirer dans un endroit où ils ne seraient pas interrompus par quelqu'un d'autre.

— Moi aussi, dit-il. Peut-être pourrions-nous faire équipe.

— Je crois que nous tirons au sort, mais il se pourrait que nous ayons de la chance, affirma-t-elle avec un sourire en coin. J'ai entendu dire que tu étais allé te promener à cheval ce matin.

Il se demanda pourquoi elle lui faisait cette remarque. Pouvait-il espérer qu'elle s'inquiétait de lui, de ce qu'il faisait et de l'endroit où il se trouvait ? Telles étaient les pensées que Roth nourrissait à l'égard de Charlotte.

— Oui. Cosford a fait visiter le domaine à quelques gentlemen. J'espérais que... les dames seraient présentes également.

Il était sur le point de lui dire qu'il avait espéré qu'elle serait là, mais il s'arrêta, de peur qu'elle ne partage pas son sentiment.

— Je ne suis pas une grande cavalière, donc, même si nous avions été conviées, je ne serais pas venue. Mais je suis heureuse que tu aies passé un bon moment. J'ai fait une promenade vers le village avec Mme Grey. En fait, nous ne sommes pas allées jusqu'au bout. Il est plus loin que ce que nous pensions.

— Eh bien... je suis heureux que tu sois ici maintenant. J'ai regretté que notre soirée se soit terminée si tôt, lui dit Roth.

Charlotte inclina la tête.

— Qu'entends-tu par *notre* soirée ?

— Simplement que j'aime passer du temps avec toi. Notre danse était particulièrement agréable.

Agréable ? C'était un véritable ravissement.

— C'est aussi ce que j'ai pensé, répondit-elle.

Charlotte soutint son regard, rendant ce moment incroyablement intime. Chaque fois qu'il était avec elle, il éprouvait ce sentiment, comme s'ils étaient les seules personnes au monde et que le temps s'arrêtait pendant qu'il la regardait dans les yeux.

— Je dois avouer que j'étais déçue que nous soyons séparés ensuite.

Ainsi, Roth ne se trompait pas. Elle ressentait la même chose que lui.

— La partie de campagne se terminera bientôt.

— Il reste deux jours, dit Charlotte d'une voix douce.

Roth leva la main et la tendit vers elle, comme pour saisir la sienne. Il en avait envie. Le besoin de la toucher d'une manière ou d'une autre, ne serait-ce qu'en passant son pouce sur ses jointures, était impérieux, comme une faim insatiable ou une soif apparemment inextinguible.

— Nous devrions en tirer le meilleur parti, déclara Roth, qui ne voulait pas nourrir de regrets.

Les paroles de Dyer commençaient à le hanter.

— Il est temps de commencer le tournoi, annonça lord Cosford depuis l'autre bout de la salle. Nous allons procéder au tirage au sort des équipes et des tables. Si vous voulez bien vous avancer pour faire votre choix, nous allons commencer dans un instant !

Lady Cosford se tenait à une table avec un bol rempli de feuilles de papier.

— J'espère que nous recevrons des instructions identiques, dit Roth avec un regard brûlant.

Charlotte haussa doucement un sourcil, et elle se tourna, frôlant son bras. Roth laissa sa main dériver vers le bas de son dos, le bout de ses doigts effleurant à peine sa robe. Il faillit tressaillir de désir. Ils s'avancèrent ensemble vers la table de lady Cosford. Là, Roth fit signe à Charlotte de tirer la première.

— Après toi.

Elle tira un papier du bol, mais ne le lut pas. Au lieu de

cela, elle lui adressa un regard plein d'attente. Il tira un papier à son tour, puis s'écarta du groupe avec elle.

Ils ouvrirent leur papier en même temps, et le montrèrent à l'autre. Même table, équipier différent.

— Si près du but, murmura-t-il en souriant.

— Au moins, nous sommes à la même table, remarqua Charlotte avec un doux sourire.

Quelques minutes plus tard, tout le monde prit place. Charlotte était assise à la gauche de Roth. Comment allait-il pouvoir se concentrer sur le jeu alors qu'elle était si proche ? Son parfum enivrant l'envahit. S'il déplaçait un peu sa jambe vers la gauche, il pourrait peut-être la toucher…

Ils commencèrent à jouer, et les choses se déroulèrent aussi mal que Roth aurait pu l'imaginer. Il n'était absolument pas concentré et se fichait éperdument du jeu. En réalité, il aurait été heureux d'être éliminé pour pouvoir s'éclipser avec Charlotte. Mais, pour cela, il fallait qu'elle perde aussi, et, dans ce premier tour, l'un d'eux devait gagner.

Son attention était également mise à l'épreuve par le fait que Charlotte était une excellente joueuse. Il ne pouvait s'empêcher d'admirer sa stratégie. Elle semblait bien plus en mesure de se concentrer sur le jeu, même si elle lui décochait de temps à autre un regard enflammé. Et il était presque certain qu'elle avait appuyé son genou contre le sien au moins deux fois.

Finalement la torture prit fin. Roth admit sa défaite, à la grande déception de sa partenaire, Mme Fitzwarren.

— J'avais entendu dire que vous étiez le meilleur joueur présent, remarqua-t-elle avec une légère moue.

— Celui qui vous a dit cela s'est trompé, répondit-il, se tournant vers Charlotte. Mme Dunthorpe nous a tous surpassés.

En fait, Roth s'attendait à ce qu'elle gagne le tournoi, ce

qui serait fort dommage. Car alors, elle ne pourrait pas partir et le rejoindre à l'étage. Était-ce ce qu'il voulait ? *Oui.* De tout son être.

Lord Cosford annonça qu'il y aurait une courte pause avant que les participants ne tirent au sort de nouvelles tables et de nouveaux binômes. Roth se leva et vint tenir la chaise de Charlotte pendant qu'elle se levait.

Elle se tourna vers lui.

— Resteras-tu pour regarder ?

Alors qu'une partie de lui désirait assister à sa victoire presque certaine, l'autre partie brûlait de se retirer dans sa chambre, en espérant que Charlotte ne soit pas aussi douée au whist qu'elle en avait l'air.

— Je pense qu'il est tout à fait probable que tu sortes gagnante de ce tournoi.

— Je ne suis pas sûre d'être d'accord. J'ai eu de la chance. J'ai été quelque peu distraite.

— Vraiment ? Je l'étais aussi.

— Tu n'as pas fait exprès de perdre ? s'enquit-elle d'une voix timide.

Il éclata de rire.

— Je prends le whist très au sérieux. Même si je t'aime beaucoup, et c'est vraiment le cas, je ne pouvais pas me permettre de ne pas donner le meilleur de moi-même. Hélas, aujourd'hui, le meilleur de moi-même n'était pas à la hauteur.

— Je suis ravie. Non pas que tu aies eu du mal, mais que tu aies joué honnêtement. Tu ne m'as toujours pas dit si tu allais rester ou non.

— En fait, je crois que je vais aller me reposer un peu avant le dîner, déclara-t-il, conscient qu'il prenait un risque. Peut-être que, si tu as du temps libre après le tournoi, nous pourrions passer un peu plus de temps ensemble. Ma chambre se trouve dans l'aile est, juste après le portrait du grand-père de Cosford, assis majestueusement sur son cheval. Tu ne peux pas passer à côté, le tableau est assez grand et impressionnant.

Charlotte haussa un sourcil.

— Mais comporte-t-il une folie capable de susciter *toutes sortes de conversations* ?

Roth éclata de rire et laissa échapper un grognement. Il porta la main à sa bouche.

— Regarde ce que tu m'as fait faire ! Mais... tu le fais mieux, ajouta-t-il.

Les autres convives recommencèrent à piocher dans le bol de lady Cosford.

— Je dois aller voir où je serai pour le prochain tour, dit Charlotte.

Roth lui toucha doucement et rapidement le bras.

— Bonne chance.

— Le penses-tu ? Ou préférerais-tu que je perde ?

Le son de la voix de Charlotte et son regard enivrant ne laissaient pas de place au doute : elle fleuretait.

Il faillit gémir. L'envie de la traîner hors de la pièce comme s'il était une bête primitive était irrésistible, mais il était un gentleman dans les actes, si ce n'était dans les pensées.

— Tu devrais gagner. Je crois que tu en es capable.

Charlotte plissa légèrement les yeux, puis tourna les talons et alla tirer un papier au sort.

Roth s'avança jusqu'à l'embrasure de la porte, puis il regarda la jeune femme qui s'installait à une nouvelle table. Cette fois-ci, son partenaire était Emerson. Un sentiment de jalousie envahit Roth, qui faillit rester.

Mais ce n'était pas nécessaire. Charlotte viendrait le retrouver plus tard. Ou bien elle ne le ferait pas.

Dans tous les cas, il mettrait un terme à cette obsession. Il espérait que ce serait de la manière la plus excitante pour eux deux.

~

*R*oth avait retiré sa veste et son gilet, ainsi que ses bottes et ses bas. Au moins, il serait prêt à se changer pour le dîner.

Il avait également bu un verre de cognac, fait les cent pas dans la pièce et pensé en boucle à embrasser Charlotte. Viendrait-elle ?

Dans le cas contraire, il envisageait sérieusement de quitter la partie de campagne. Il n'avait aucune raison de rester. Aucune des autres femmes ne l'intéressait le moins du monde.

Il se préoccuperait d'un éventuel mariage une autre fois. Pour l'instant, il voulait se délecter du bonheur d'être avec Charlotte.

Jetant un regard sur l'horloge, il calcula qu'il était là depuis bien assez longtemps pour que le tour suivant du tournoi soit terminé. Elle devait avoir gagné.

Évidemment qu'elle avait gagné.

Roth se laissa tomber dans un fauteuil près de l'âtre, avec un grognement de frustration. Il étendit ses jambes devant lui, renversa la tête en arrière et regarda le plafond.

S'il partait le lendemain, il arriverait tôt à Hereford et devrait attendre ses amis qui lui avaient donné rendez-vous dans une auberge de la ville. Après s'être rassemblés, ils se rendraient à Wyelands, la résidence de campagne de son ami, le baron Warham, non loin de là.

Il pourrait tout aussi bien broyer du noir dans sa berline, puis à Hereford, plutôt qu'ici. En fait, ce serait même préférable, car il ne serait pas nargué par la présence de Charlotte.

Il ferma les yeux et s'efforça de ne pas penser à elle. Mais ses yeux chaleureux couleur chocolat surgirent dans son esprit en même temps que son sourire séducteur. Il patienterait encore un quart d'heure, après quoi il devrait trouver son soulagement dans sa main… bon sang !

Un coup frappé à la porte le fit sursauter. Il ouvrit les yeux et se redressa dans son fauteuil. Au lieu de se lever d'un bond, il attendit, le souffle court. Avait-il entendu ce qu'il voulait entendre ?

Cela se reproduisit. Le son caractéristique des coups frappés sur le bois.

Cette fois, Roth se leva de son fauteuil. Il fut à la porte en un clin d'œil et l'ouvrit sans prendre la peine de demander de qui il s'agissait.

Heureusement, il ne fut pas déçu.

Il ne put réprimer le sourire qui étira si largement ses lèvres qu'il crut que son visage allait se fendre en deux.

— Tu es venue.

Charlotte haussa les épaules.

— J'ai perdu.

— Volontairement ? s'enquit-il, car il ne la voyait pas perdre autrement.

Il lui tint la porte ouverte pour qu'elle entre dans sa chambre. Le cœur de Roth, qui battait déjà très vite, partit à un rythme sauvage.

Elle se tourna vers lui quand il referma la porte.

— Si tu me demandes si je préférais jouer au whist ou venir ici dans ta chambre à coucher, ma réponse, qui n'est destinée qu'à tes oreilles, est… la deuxième option, répondit-elle sans le regarder, mordillant sa lèvre inférieure. Mais j'ai failli changer d'avis avant d'arriver ici.

Roth s'avança vers Charlotte, mais ne la toucha pas. Pas encore. Il craignait qu'elle décide de s'en aller.

— Qu'est-ce qui t'y a incité ? s'enquit-il. Ou plutôt, qu'estce qui t'a décidée à venir quand même ?

La jeune femme reporta son attention sur Roth.

— J'aime ta compagnie. Plus que j'aime jouer au whist, apparemment, affirma-t-elle, et elle avait l'air légèrement déconcertée, comme si elle n'arrivait pas à croire que c'était le cas. C'était audacieux de ta part de m'inviter ici.

— C'était audacieux de ta part de venir. Et j'en suis fou de joie.

— Tu dois comprendre que je n'ai pas changé d'avis au sujet du mariage. Ce n'est pas mon objectif. En revanche, c'est le tien.

— Au bout du compte, précisa-t-il lentement. À cet instant, ce n'est pas à cela que je pense.

Il laissa son regard vagabonder sur elle tandis qu'il s'imaginait en train de lui retirer chacun de ses vêtements.

— Alors à quoi penses-tu ? l'interrogea-t-elle d'une voix grave et rauque, emplie de désir.

— Je me demande si tu serais intéressée par autre chose que le mariage.

Roth leva la main, hésitant, la regardant droit dans les yeux. Elle hocha très légèrement la tête, mais il n'eut pas besoin de plus d'encouragement. Il toucha le côté de la mâchoire de Charlotte, la caressant doucement du bout des doigts.

— Mmmh, murmura-t-elle, plissant légèrement les yeux. En fait, c'est le cas.

— Et qu'est-ce qui t'intéresse, alors ? souffla-t-il, le cœur battant la chamade.

— Toi.

— C'est bien commode, car je ressens la même chose pour toi.

Roth se rapprocha et posa son autre main sur la taille de Charlotte. Il sentit les courbes de la jeune femme sous les couches de ses vêtements et se retint de justesse de se jeter sur elle comme un animal.

— J'ai bien peur que nos baisers près de la rivière n'aient finalement pas été suffisants.

— Non, effectivement. Je suis heureuse que nous soyons d'accord, dit Charlotte.

Elle s'avança dans les bras de Roth et glissa une main sur son cou, lui rappelant qu'il n'avait pas encore retiré sa cravate.

— Je suppose qu'il ne reste qu'une chose à faire.

— Une seule ? répéta-t-il, baissant la tête tout en la serrant contre lui. Il y a d'innombrables choses, et je suis impatient de te les montrer toutes.

Il posa ses lèvres sur les siennes, et ce fut comme regarder un parchemin s'enflammer. L'étincelle explosa rapidement en un feu dévorant, lumineux, chaud et intense.

C'était ce à quoi il aspirait depuis longtemps, une connexion physique qui viendrait s'ajouter aux autres façons dont ils étaient liés, par l'humour et… les émotions. Il chassa cette idée de son esprit. Ce n'était pas le moment de se laisser aller à ces pensées. Ce moment était fait pour le plaisir.

Le baiser de Charlotte était profond et enivrant, une exploration sensuelle, un prélude à ce qui allait suivre. Roth posa sa main contre son dos, appuyant ses doigts sur elle tandis qu'il enveloppait sa nuque de son autre main. Elle le tint de la même manière, une main enroulée autour de son cou et l'autre agrippée à l'arrière de sa chemise.

Soudain, il eut l'impression d'être submergé de vêtements. Et Charlotte en portait assurément trop. Mais il ne pouvait pas s'éloigner. *Pas maintenant.* Ce baiser était trop enivrant, l'étreinte de la jeune femme exceptionnellement divine.

Elle remonta sa main, caressant la joue de Roth, passant son pouce le long de sa mâchoire. Il gémit doucement, avide de sentir davantage son contact.

Mais ce fut elle qui s'écarta. Au moins, elle resta dans ses bras. Les yeux de Charlotte étaient brillants, ses lèvres roses gonflées par leurs baisers.

Roth lutta pour reprendre son souffle.

— Quelque chose ne va pas ? s'enquit-il.

— Avant que nous allions plus loin, j'ai besoin de comprendre de quoi il s'agit.

CHAPITRE 7

Charlotte tremblait presque de désir. Et de nervosité. Cela faisait longtemps qu'elle n'avait pas fait cela. Depuis la mort de Sidney, elle n'avait eu qu'une seule aventure romantique.

Roth avait semblé inquiet lorsqu'elle avait interrompu leur baiser. Sa respiration était laborieuse, et ses joues magnifiquement rougies.

Elle avait besoin d'y aller doucement, de s'assurer qu'ils partageaient les mêmes attentes.

— Ce n'est que pour la partie de campagne, n'est-ce pas ?

— Oui. Toutefois, si tu le souhaitais, nous pourrions continuer quelques jours encore après. Je dois me rendre à Hereford pour retrouver des amis. Ensuite, nous irons à Wyelands pour une fête qui durera toute la semaine. C'est le domaine de mon ami, le baron Warham. Tu pourrais m'accompagner à Hereford.

Si elle était ravie à l'idée de passer plus de temps avec lui, elle ne voyait pourtant pas comment cela pourrait fonctionner.

— Et que serais-je censée faire une fois que nous serons arrivés à Hereford ? Je vis à Birmingham.

— Je te ferai raccompagner chez toi par ma berline.

— Ce n'est pas vraiment le chemin. Comment te rendras-tu à Wyelands ?

— Je voyagerai avec l'un de mes amis. Je leur dirai que mon véhicule a besoin d'être réparé, ou quelque chose comme ça, suggéra Roth, caressant la joue de Charlotte du bout des doigts. Je t'en prie, dis oui. Tout comme notre baiser d'hier n'était pas suffisant, je crains que les jours restants dans cette partie de campagne ne le soient pas non plus.

Charlotte n'était pas non plus certaine que le voyage à Hereford la satisferait, mais elle ne pouvait pas prendre plus de risques. Seulement quelques jours avec cet homme qui lui faisait ressentir des choses qu'elle n'avait jamais imaginées. Cela allait au-delà du physique, car il la faisait rire et possé-dait nombre de qualités merveilleuses. Il était un père dévoué, un député engagé, et il était aussi fasciné qu'elle par leur lien unique.

Pourrait-elle se séparer de lui à Hereford ? Il le faudrait bien. En attendant, elle se réjouirait de se sentir désirée. Chérie.

— Oui. Emmène-moi à Hereford. Mais d'abord, emmène-moi dans ton lit.

Roth ferma brièvement les yeux, et elle sentit son soula-gement. Puis il posa sur elle un regard empli d'un désir ardent.

— Pour commencer, je vais te retirer tous tes vêtements.

— Je n'ai rien à redire à cela, répondit-elle en retirant ses chaussures, puis elle posa les mains sur la cravate de Roth. Ceci aussi est un obstacle.

Tirant sur le nœud, elle retira le ruban de soie de son cou et le jeta de côté. Puis elle poussa Roth en arrière vers le fauteuil.

— Assieds-toi. Regarde.

Haussant un sourcil, il recula jusqu'à ce que ses jambes touchent le siège. Puis il se laissa tomber, les yeux rivés sur Charlotte.

— Vas-tu lâcher tes cheveux ?

— As-tu envie que je le fasse ?

— Oui, murmura-t-il, et le ton séducteur de sa voix était aussi excitant pour Charlotte que n'importe quelle caresse.

Elle porta une main à ses cheveux et entreprit d'en retirer les épingles, les tenant dans sa main tout en détachant ses mèches. En général, elle les enlevait plus rapidement, mais, comme il la regardait, elle fit durer le processus jusqu'à ce que ses cheveux soient complètement libérés de toute contrainte. Elle secoua la tête et les sentit effleurer le milieu de son dos.

— Magnifique, murmura Roth. Puis-je me lever maintenant ?

Sa voix se brisa à la fin de sa question. Il avait l'air torturé. Elle réprima un sourire.

— Non.

Charlotte déposa les épingles sur une table et s'approcha un peu plus de Roth, qui était assis sur le bord de son siège. Il semblait prêt à se jeter sur elle. En souriant, elle commença à détacher le devant de sa robe, en commençant par l'épaule gauche avant de passer à la droite. Le vêtement s'ouvrit, dévoilant son corset.

Elle entendit Roth inspirer brusquement. Il porta son attention sur sa poitrine, où le haut de ses seins s'arrondissait au-dessus du bord de son corset. Passant une main dans son dos, elle dénoua la robe, détachant sa jupe. Elle fit descendre le vêtement par-dessus ses sous-vêtements et dégagea ses pieds de la mousseline.

Avec précaution, elle ramassa la robe et la drapa sur le dossier d'une chaise. Du coin de l'œil, elle remarqua que

Roth s'était encore avancé sur son siège. Elle était étonnée qu'il ne soit pas encore tombé du fauteuil.

— Patience, dit-elle d'une voix douce.

Elle se plaça devant lui, plus près qu'elle ne l'avait fait jusqu'à présent. Elle repoussa les bretelles de son jupon de ses épaules et dénoua la taille pour pouvoir le retirer également. Cette fois-ci, elle le mit simplement de côté.

À présent, elle se tenait devant lui, vêtue seulement de son corset, de son chemisier et de ses bas. Quelques centimètres de ses jambes étaient exposés entre ses jarretelles et le bord de sa chemise. C'était précisément là que le regard de Roth était fixé.

— Dois-je m'arrêter ? J'ai l'impression que tu aimerais au moins retirer ta chemise.

Aussitôt, Roth fit passer le vêtement par-dessus sa tête, et le jeta sur le côté. Son torse nu était magnifiquement musclé, avec quelques poils clairs au centre, et une légère bande qui descendait jusqu'à la ceinture de son pantalon.

Cela lui demanda beaucoup de volonté pour ne pas abandonner ses efforts de séduction et se jeter directement sur lui. Charlotte recourut donc à l'humour pour que les choses restent légères un peu plus longtemps.

— Je suis surprise que tu n'aies pas déchiré le tissu dans ta précipitation, remarqua-t-elle avec ironie.

— J'aimerais déchirer le reste de ce que tu portes, mais tu vas me prendre pour une bête.

— Pas une bête. Juste un homme très… impatient, le corrigea-t-elle, avançant encore d'un pas pour que ses jambes frôlent celles de Roth. J'ai besoin que tu desserres mon corset. Si cela ne t'embête pas trop.

— Tourne-toi, lui ordonna-t-il, et elle sentit toute la passion dans sa voix.

Charlotte se tourna lentement, pour l'émoustiller. En tout cas, c'était son intention.

Elle sentit qu'il commençait à tirer sur les liens pour détendre le vêtement. Il s'activa rapidement, à l'opposé des gestes méthodiques de la jeune femme.

Lorsque le corset fut suffisamment lâche, elle se retourna et le fit descendre sur ses hanches, remuant les jambes jusqu'à ce que le vêtement tombe sur le sol. Puis elle l'écarta d'un coup de pied, comme elle l'avait fait pour ses chaussures.

— Que dois-je retirer ensuite ? s'enquit-elle. Ma chemise ? Ou peut-être mes bas.

Charlotte leva sa jambe gauche et posa son pied sur le coussin à côté de lui. Saisissant l'ourlet de sa chemise, elle le ramena vers ses hanches, dévoilant presque toute sa cuisse et couvrant à peine son sexe.

— As-tu une préférence ?

— Juste ciel, Charlotte ! s'exclama-t-il, détournant son regard, qui était resté entre ses cuisses, pour le poser sur le sien. Je ne peux plus t'appeler Mme Dunthorpe.

— Non, tu ne peux pas, confirma-t-elle, faisant glisser son pied le long de la cuisse de Roth. J'attends ta réponse.

Il posa les mains sur la jarretière de Charlotte et dénoua rapidement les liens de soie.

— Lève ta chemise plus haut.

Elle la remonta… à peine.

— Comme ça ?

— *Aguicheuse,* murmura-t-il. Plus haut.

Dévoilant à peine son sexe, elle demanda :

— Et maintenant ?

Roth retira le bas de la jambe de Charlotte et le lança. Puis, reposant ses mains sur la jeune femme, il remonta les paumes le long de sa cuisse, et les glissa sous sa chemise. L'une d'elles saisit sa hanche, et l'autre caressa les replis de son sexe.

Charlotte haleta tandis qu'il attirait l'attention sur le fait qu'elle était déjà enflée, qu'elle avait désespérément envie de lui et qu'elle était sans doute déjà moite. À présent, il allait lentement, taquinant sa chair, de son clitoris à son intimité.

— Qu'en est-il de mon autre bas ? parvint-elle à dire alors que les sensations la submergeaient.

Roth aida Charlotte à poser son pied nu sur le sol, puis il souleva son autre jambe dans la même position.

— Il me gêne.

En un rien de temps, il lui retira sa jarretière et son bas.

— Tu as laissé retomber ta chemise, remarqua-t-il, l'air vraiment déçu.

Elle l'avait lâchée quand elle avait changé de position, et alors que son excitation était montée d'un cran. Elle remonta le vêtement jusqu'à sa taille, se mettant complètement à nu devant lui.

— Mes excuses.

— Je veux me régaler de toi. Me le permettras-tu ?

Le sexe de Charlotte palpitait de désir.

— Oui. S'il te plaît.

Roth bougea si vite qu'elle n'était pas sûre de ce qui s'était passé ? Il la souleva et la porta jusqu'au bout du lit, où il la jeta sur le matelas, ses fesses atterrissant près du bord. Il s'agenouilla au pied, et lui écarta les jambes.

Elle sentit son souffle sur son sexe juste avant que son pouce ne caresse son clitoris, décrivant des cercles jusqu'à ce qu'elle gémisse. Agrippant sa chemise à sa taille, Charlotte s'efforça de ne pas se cambrer contre lui. Il déplaça son doigt le long de ses replis intimes, les séparant avant de le plonger doucement à l'intérieur.

À présent, elle bougeait, soulevant ses hanches tandis qu'il la caressait. Il trouva un endroit délicieux qui promettait une satisfaction merveilleuse. Après plusieurs va-et-vient, auxquels elle répondit par des mouvements de ses hanches, la bouche de Roth prit la place de sa main, se posant sur son sexe. Roth plaqua Charlotte contre le matelas pendant qu'il la ravageait avec ses lèvres et sa langue.

Si vite que c'en était gênant, les muscles de Charlotte se contractèrent. Elle s'agrippa à sa tête tandis qu'il plaçait la jambe de la jeune femme sur son épaule et enfonçait sa langue profondément en elle. Il caressa son clitoris, la faisant basculer dans une extase intense.

Charlotte cria en se cramponnant à lui, ses hanches s'agitant dans une frénésie passionnée. Il ne la quitta pas, jusqu'à ce qu'elle commence à se calmer, ses jambes frémissant autour de lui.

Et soudain, il disparut.

Alors qu'elle peinait à reprendre son souffle, elle se redressa sur ses coudes et vit qu'il retirait son pantalon. Elle s'assit, puis passa sa chemise par-dessus sa tête. Alors qu'elle la laissait tomber par-dessus le bord du lit, il se glissa à côté d'elle, se déplaçant comme un prédateur qui allait maintenant se régaler de sa proie.

Sauf qu'il l'avait déjà fait.

Elle ne put s'empêcher de sourire. Comme une idiote, sans doute. C'était la meilleure journée qu'elle avait jamais vécue.

— Qu'y a-t-il de si amusant ? l'interrogea Roth, affichant un sourire en coin.

— Rien. Simplement, je prends énormément de plaisir. J'espère que toi aussi.

— Plus que je ne saurais le décrire, répondit-il, baissant les yeux sur ses seins nus. Tu es magnifique.

Il saisit l'un de ses seins, et abaissa sa bouche sur son mamelon. Elle avait anticipé ce baiser, mais elle ne s'était pas préparée au choc d'une nouvelle vague de désir. C'était comme si elle ne venait pas tout juste d'atteindre l'extase. Elle tremblait déjà de désir.

Basculant la tête en arrière, elle enroula la main autour de la nuque de Roth et le serra contre elle.

— Je suppose que tu n'en as pas eu assez.

— Je ne sais pas si ce sera le cas un jour, déclara-t-il en détachant à peine sa bouche de son sein.

Il le suçota et se servit de son autre main sur son second mamelon, qu'il fit rouler et sur lequel il tira jusqu'à ce qu'elle gémisse éperdument, son corps totalement tendu.

Charlotte passa la main entre eux et trouva son sexe raidi.

— J'ai besoin de toi. Maintenant.

Roth gémit tandis qu'elle le caressait.

— Oui.

Abandonnant son sein, il s'installa entre ses jambes, se plaçant devant son sexe.

Elle le regarda et vit qu'il avait les yeux fermés, le visage marqué par l'extase. Elle bougea la main plus vite, se délectant du pouvoir qu'elle avait sur lui, et de cette joie qu'ils éprouvaient à donner et prendre du plaisir.

— Si tu n'arrêtes pas, nous n'arriverons pas à la partie que nous désirons le plus tous les deux.

— Comment sais-tu que ce n'est pas ce que je désire le plus ? demanda-t-elle d'un air coquin.

Roth ouvrit un œil.

— Je ne devrais pas faire de suppositions. Est-ce ainsi que tu aimerais terminer ?

Si l'idée qu'il perde le contrôle dans sa main exerçait un attrait délicieux, elle ne pouvait nier qu'elle brûlait d'envie de l'avoir en elle.

— Pas ce soir.

Elle plissa les yeux et le plaça devant son intimité.

Une expression de soulagement apparut brièvement sur le visage de Roth lorsqu'il posa sa main sur la sienne. Ensemble, ils le guidèrent en elle. Au moment où il commença à s'enfouir au creux de son intimité, elle sourit.

Leur union semblait en quelque sorte inévitable, le prochain chapitre d'une histoire qui exigeait d'être racontée.

Il avança lentement, jusqu'à la garde. Puis Roth s'immobilisa totalement, prit Charlotte dans ses bras, et l'embrassa. Relevant la tête, il la regarda droit dans les yeux et lui caressa la joue.

— Merci de me faire confiance.

Ses paroles faillirent la briser. Elle envisagea de le repousser et de s'enfuir dans sa chambre. Mais elle était allée trop loin. Elle lui faisait confiance, même si elle n'avait pas été tout à fait honnête.

Ne pense pas à ça maintenant.

Charlotte ferma les yeux et s'abandonna à son étreinte. Elle enroula ses jambes autour des hanches de Roth, et il commença à bouger, d'abord lentement. Le corps de la jeune femme se familiarisait avec lui, et, même si cela faisait des années qu'elle n'avait pas fait cela, les sensations lui étaient familières. Et, d'une certaine manière, elles étaient totalement nouvelles. Grâce à lui.

Il la tenait tendrement dans ses bras, mais aussi avec une possessivité farouche qui la poussa à s'agripper à lui avec une ferveur renouvelée. Elle enfonça ses doigts dans sa chair et l'embrassa tandis qu'ils se mouvaient à l'unisson.

Peu à peu, ses coups de reins devinrent plus rapides et plus profonds. Elle le serra plus fort avec ses bras et ses jambes, comme si elle pouvait l'attirer en elle plus étroitement. Comme si elle ne voulait jamais le laisser partir.

Sa passion s'exacerbait à chaque coup de reins, l'entraînant inexorablement vers l'apogée. Roth bascula les hanches, amenant son aine contre le clitoris de la jeune femme. Elle gémit en se soulevant vers lui, et se cambra sur le lit.

— Jouis pour moi, ma chérie, murmura-t-il près de son oreille.

Charlotte ne s'était pas rendu compte qu'elle se retenait,

qu'elle avait prolongé le plaisir. Là, elle se laissa aller, son corps se contractant pour se préparer à la libération. Il donna un puissant coup de reins, l'emplissant complètement, et la félicité s'empara d'elle.

Poussant un cri, elle s'accrocha à lui tandis que son orgasme la traversait par vagues. Avant qu'elle puisse s'apaiser, il se retira d'elle.

Lorsqu'elle reprit ses esprits, elle roula vers lui. Il était allongé sur le dos, les yeux fermés, la main autour de son membre qui se détendait. C'était très attentionné de sa part de s'être retiré.

Au bout de quelques minutes, il se glissa hors du lit, et elle l'entendit se nettoyer. Charlotte se glissa sous les draps, et les ouvrit pour lui en guise d'invitation.

Il revint très vite et s'allongea face à elle.

— Cela valait la peine d'attendre.

Il souriait, incarnation parfaite de l'amant satisfait.

— Tu étais donc certain que cela se produirait ?

— Pas du tout. J'en nourrissais *l'espoir*. Et même si je regrette que nous n'ayons pas commencé cette… liaison plus tôt, je suis plus que reconnaissant de ce que nous venons de faire.

— Moi aussi, répondit-elle, se blottissant contre lui pour déposer un baiser au creux de sa gorge. Je préférerais que cela reste entre nous.

Cependant, Charlotte se rendit compte qu'elle allait devoir le dire à Cecilia, car elle n'aurait plus besoin d'un des véhicules des Cosford pour retourner à Birmingham.

— Il ne nous reste plus qu'une journée entière dans cette partie de campagne. Tu veux agir demain comme si nous n'avions pas de liaison ?

Charlotte leva la tête pour croiser le regard de Roth.

— J'aimerais mieux, si cela te va, confirma-t-elle.

Tout cela lui semblait très… personnel.

— J'aimerais que ce soit notre secret.

— Voilà qui donne à cette situation un air d'interdit, remarqua Roth avec un petit rire. Cela signifie-t-il que je peux trouver des moyens de te faire entrer discrètement dans un placard ou un recoin demain pour te voler des baisers ?

Charlotte rit.

— Je ne vois pas de raison de ne pas le faire.

— Alors, je suis tout à fait favorable au secret.

— Cela te dérangerait-il que nous soyons les derniers à partir après-demain ? Ainsi, personne ne nous verra nous en aller ensemble.

— Je me fiche de savoir quand nous partons, du moment que nous le faisons dans la même berline. Cependant, tu vas devoir le dire à lady Cosford, n'est-ce pas ?

Charlotte acquiesça.

— J'y ai pensé. Elle gardera le secret.

Roth l'attira contre lui et lui caressa le dos.

— Veux-tu bien rester un peu plus longtemps ?

— Oui.

Elle aurait aimé pouvoir rester pour toujours. Mais elle ne le pouvait pas, car elle était prisonnière d'une situation qu'elle avait elle-même créée et qui l'empêchait de se marier.

Elle savourerait le peu de temps qu'ils auraient à passer ensemble et en chérirait le souvenir pour toujours.

~

*L*a dernière journée complète de la partie de campagne avait été l'une des plus heureuses que Charlotte ait jamais vécues. Le petit déjeuner avait été l'occasion d'annoncer les fiançailles entre lord Audlington et Mme Sheldon. Ce n'était pas vraiment surprenant, puisqu'ils semblaient former un couple depuis leur baiser lors de la partie de colin-maillard, dont Charlotte avait entendu parler par plusieurs personnes.

Elle espérait que Roth et elle avaient réussi à garder leur liaison secrète au cours de la journée et du bal, qui s'était prolongé assez tard. En réalité, la seule chose qui avait interrompu les festivités était le fait qu'ils devaient tous partir ce jour-là. Et maintenant, tout le monde était parti, à l'exception de Roth et de Charlotte, qui s'en étaient tenus à leur plan d'être les derniers, afin que personne ne les voie quitter les lieux ensemble.

Mais avant leur départ, Cecilia invita Charlotte dans son boudoir pour qu'elles puissent passer quelques dernières minutes ensemble. La jeune femme pénétra dans l'espace lumineux et joyeux du rez-de-chaussée. C'était plus intime que le salon et, de fait, Cecilia avait l'air plus détendue que Charlotte ne l'avait vue au cours de la semaine écoulée. Peut-être parce qu'elle était allongée sur une méridienne.

Quand elle vit Charlotte, Cecilia s'assit.

— Pardonne-moi, mais je crains d'être épuisée maintenant que tout le monde est parti. Enfin, tout le monde… sauf Roth et toi.

Elle sourit chaleureusement et se leva pour rejoindre son amie. Elle prit la main de Charlotte et la serra.

— Je suis très heureuse pour toi.

Cecilia, bien sûr, connaissait la vérité au sujet de Charlotte et Roth. La jeune femme avait dû lui révéler leur liaison, car elle n'avait plus besoin de l'un de leurs véhicules pour retourner à Birmingham.

— Merci, mais il ne s'agit que d'une… liaison temporaire.

— Pourrais-tu t'asseoir un instant ? lui demanda Cecilia, se tournant vers le canapé.

Charlotte hocha la tête, et elles s'assirent.

— Il est toujours possible que tu changes d'avis avant

d'arriver à Hereford. Et, dans le cas contraire, que se passera-t-il à ce moment-là ? Allez-vous simplement oublier l'autre ?

Jamais Charlotte n'oublierait Roth ni le temps passé ensemble, si court soit-il.

— Nous partirons chacun de notre côté, en chérissant nos nouveaux souvenirs.

Cecilia ne semblait pas convaincue. Elle adressa un regard sceptique à son amie, haussant un sourcil interrogateur.

— Il se pourrait que vous tombiez amoureux. Que ferez-vous alors ?

— Cela n'arrivera pas.

Charlotte ne tomberait pas amoureuse. Et, même si cela arrivait, elle ne pourrait rien y faire.

— Notre connexion est avant tout physique, et elle prendra fin d'elle-même le temps que nous arrivions à Hereford.

Et même dans le cas contraire, ils devraient apprendre à vivre avec leur passion persistante.

— Je connais Roth depuis plus longtemps que toi. S'il tombe amoureux de toi, prends garde à ses talents de persuasion, remarqua Cecilia avec un regard espiègle.

Charlotte n'avait aucun mal à l'imaginer. Mais, même si elle aimait Cecilia, elle devait mettre un frein aux idées et aux espoirs que son amie nourrissait de voir naître une union permanente entre eux.

— Il n'en fera rien, parce que je ne suis pas ce qu'il veut. Il cherche une mère pour ses filles, et je n'ai aucune envie de jouer ce rôle.

Le mensonge lui vint plus facilement qu'elle l'avait prévu, mais… quel autre choix avait-elle ?

— Mais, tu ferais une excellente mère ! s'exclama Cecilia.

Celle-ci semblait plutôt abattue. Ses lèvres s'entrouvrirent, puis elle arbora une moue.

— Il suffit de voir comment tu soutiens et tu guides les jeunes femmes que tu accueilles au sein de ton foyer.

— Cela n'a rien à voir avec la maternité, protesta Charlotte. Lord Rotherham a besoin d'une mère pour ses filles, et ce ne sera pas moi.

Le regard de Cecilia se porta derrière son amie, vers la porte.

— Te voilà, John. Je me demandais si tu t'étais retiré, lui dit-elle avec un doux rire quand son mari entra dans le salon.

Il s'installa dans un fauteuil, l'air aussi épuisé que sa femme.

— Pas encore.

Cecilia et lui discutèrent sans un mot, un échange qui n'était perceptible que dans la légère inclinaison du menton de la jeune femme, et le frémissement subtil des narines de John. Et, bien sûr, dans leurs regards qui se croisaient. Charlotte éprouva une pointe d'envie devant leur intimité évidente. La vérité, c'était qu'elle aurait donné presque n'importe quoi pour connaître cela… et pour être mère.

La jeune femme se leva.

— Je devrais y aller. Notre berline est sans doute prête.

Secouant la tête, Cosford se redressa sur sa chaise.

— En effet. J'étais venu te le dire, et mon épuisement m'a totalement distrait. Quel horrible hôte je fais !

— Sottises ! Tu as été un hôte impeccable toute la semaine, répliqua Charlotte, dont le regard oscilla entre ses deux amis. Vous l'avez été tous les deux. Vous n'avez pas à faire semblant devant moi. Soyez aussi fatigué que vous le souhaitez en ma compagnie. Je vous suis très reconnaissante de votre aimable invitation. Cette partie de campagne a été merveilleuse.

— Nous étions ravis de t'accueillir, dit Cecilia.

— Et de te présenter Roth, ajouta Cosford. Il t'attend à la berline. C'était l'autre chose que j'étais censé te dire.

Il secoua à nouveau la tête et baissa le regard vers le sol.

— Oh, arrête ça ! s'exclama Cecilia en riant, avant de se tourner vers son amie. Quand tu seras à Birmingham, envoie-moi des nouvelles de ta femme de chambre, Hilda.

— Oui. Je n'y manquerai pas.

Charlotte était convaincue que la jeune femme serait ravie de travailler à Blickton.

Cecilia se leva et l'étreignit, et Charlotte sourit en embrassant son amie. Elle était sincèrement heureuse d'être venue, et pas seulement parce qu'elle avait rencontré Roth.

Cosford se joignit à elles, et ils se dirigèrent tous ensemble vers le hall d'entrée. Le valet de pied ouvrit la porte et Charlotte prit congé tandis que les Cosford se tenaient bras dessus bras dessous sur le seuil.

Roth l'attendait près de la berline, chaussé de bottes sombres et brillantes, et coiffé d'un chapeau élégant qui couvrait ses cheveux dorés. Charlotte en eut le souffle coupé. S'habituerait-elle un jour à son extraordinaire beauté ? Ou au fait que, pour l'instant du moins, il était à elle ? Elle avait désiré quelqu'un pendant si longtemps, et la réalité était tellement meilleure.

— Prête ? s'enquit Roth quand elle le rejoignit.

— Absolument.

Elle lui prit la main et il l'aida à monter dans la berline.

Elle se glissa à l'autre bout de la banquette, tandis que Roth montait à sa suite. Le cocher ferma la portière et Charlotte se pencha à côté de Roth pour voir par la vitre.

— Regarde-les se soutenir l'un l'autre, lui dit Charlotte avec un petit rire. Je pense qu'ils vont tituber jusqu'à leur chambre et s'écrouler sur le lit au moment où la berline va démarrer.

Les Cosford leur firent signe alors qu'ils s'éloignaient. Roth s'esclaffa.

— Je crois que tu as raison. Mais la question est de savoir s'ils vont dormir.

— Oh ! Tu crois qu'ils trouveront d'autres activités pour s'occuper.

— Je sais que c'est ce que je ferais, affirma Roth, qui pencha la tête et déposa un baiser derrière son oreille, puis fit glisser ses lèvres le long de son cou. En fait, j'ai l'intention de savourer chaque moment que nous passerons ensemble, surtout après la torture qu'a été pour moi le fait de ne pas te toucher hier.

Charlotte sourit et son corps se réchauffa sous son contact.

— La plus grande partie de la journée. Mais qu'en est-il de la salle de musique ?

Roth releva la tête pour la regarder.

— Aurais-tu des plaintes à formuler ?

Comme il le lui avait annoncé, Roth avait trouvé le moyen de la faire entrer discrètement dans une pièce vide, où il lui avait volé plus que des baisers. Il l'avait plaquée contre la porte et avait soulevé ses jupes, la tourmentant avec sa main jusqu'à ce qu'elle jouisse, tout en s'efforçant de rester silencieuse. Heureusement, il avait étouffé ses cris de jouissance avec un baiser dévastateur.

— Absolument pas, avoua Charlotte. Combien de temps nous reste-t-il avant d'arriver à Beckford ?

— Nous y serons avant que tu t'en rendes compte.

Il lui décocha un sourire diabolique juste avant que ses lèvres ne s'emparent des siennes.

CHAPITRE 8

*L*e soleil était posé sur l'horizon, prêt à se coucher, lorsque la berline entra dans la cour de l'auberge *Oak and Ash*, à Beckford. Roth aida Charlotte à descendre, tenant sa main même une fois qu'elle était à terre. Il ne pouvait s'empêcher de la toucher. Tout au long du voyage depuis Blickton, ils étaient restés en contact étroit. À certains moments, ils avaient été plus proches qu'à d'autres.

Jamais il n'avait passé de plus merveilleux voyage en berline. Il réfléchissait à la possibilité de se rendre à Hereford en passant par Londres. Mais cela le ferait arriver après la fin de la fête à Wyelands. Il n'était pas sûr de s'en soucier.

— J'ai choisi cette auberge parce qu'elle est réputée pour son excellence culinaire, déclara Roth.

Charlotte pencha légèrement la tête en arrière en passant en revue les trois étages du grand relais de poste.

— Elle est assez impressionnante, vue de l'extérieur.

— Comment est-elle par rapport à l'auberge de ton père ? s'enquit Roth.

Elle le regarda.

— Le *Horse and Harness* est à peu près deux fois plus petit et ne comporte que deux étages. L'établissement est aussi plus ancien : il a été construit il y a quarante ans par mon grand-père. Je dirais que cette auberge-ci ne date que d'une vingtaine d'années au maximum.

— Le *Horse and Harness* n'est plus dans ta famille ? s'enquit Roth, qui trouvait cela fort dommage.

— Non, mais l'homme qui a acheté l'auberge était quelqu'un que mon père connaissait bien et en qui il avait confiance.

— Cela doit être réconfortant. Que dirais-tu d'entrer ?

Un garçon d'écurie s'était présenté pour guider le cocher vers les écuries avec la berline et les chevaux. Roth échangea un signe de tête avec le cocher avant de guider Charlotte dans l'auberge. Dyer, qui avait voyagé à côté du cocher, les suivit en portant leurs petites valises, qui leur fourniraient tout ce dont ils auraient besoin pour la nuit. Le lendemain, ils arriveraient à Hereford. *Trop tôt.* L'idée de Roth de passer par Londres avait beaucoup de mérite.

Ils pénétrèrent dans un vaste hall d'entrée aux boiseries blanches et aux murs bleu clair. Sur la droite se trouvait la salle à manger, et, sur la gauche, un salon. Un large escalier en chêne d'un brun riche et brillant se dressait devant eux.

Une jeune femme arriva en trombe dans l'entrée, depuis la salle à manger. Elle s'arrêta devant eux et réajusta le bonnet blanc qui coiffait ses cheveux noirs. Maintenant qu'elle était immobile, Roth constata qu'il ne s'agissait pas du tout d'une femme. Ce n'était qu'une jeune fille, de quatorze ou quinze ans tout au plus.

— Bienvenue au *Oak and Ash*, dit-elle avec enthousiasme. Je suis Daphne.

Elle passa ses mains sur le tablier gris impeccable qui recouvrait sa robe bleu foncé.

— Bonsoir, Daphne. Nous sommes M. et Mme Ludlow.

En chemin, Roth avait proposé à Charlotte de se faire

passer pour un couple marié pour la nuit. Elle avait accepté, et elle était surprise de constater à quel point il était ravi qu'ils soient mari et femme, même si ce n'était qu'un faux-semblant.

— Nous sommes en chemin pour Hereford et nous passerons la nuit ici.

Le regard de Daphne se porta derrière eux.

— Et c'est votre valet ?

— Oui, Dyer aura aussi besoin d'une chambre.

— Bien sûr. J'ai une suite pour vous au deuxième étage, et il y a une excellente chambre pour votre valet au dernier. Suivez-moi.

Elle se retourna et les accompagna dans les escaliers.

— Parfait, dit Roth alors qu'ils la suivaient. Le dîner sera-t-il bientôt servi ?

Ils avaient atteint le palier du premier étage, et Daphne posa sur eux un regard résolument inquiet.

— Euh… le dîner aura lieu à dix-neuf heures.

Daphne sembla accélérer le pas alors qu'elle montait au deuxième étage et les menait jusqu'au bout du couloir. Elle ouvrit une porte et leur fit signe de la précéder.

Roth et Charlotte entrèrent dans un salon bien aménagé.

— La chambre à coucher est de ce côté-ci, expliqua Daphne en pointant la gauche. Et il y a un dressing attenant. Vous ne souhaitez pas de bain, n'est-ce pas ?

Elle plissa le front.

Charlotte s'approcha de la jeune fille tandis que Dyer emportait leurs valises dans le dressing.

— Daphne, as-tu l'habitude d'accueillir les clients et de les accompagner jusqu'aux chambres ?

La jeune fille hocha la tête, et ses yeux bleu-gris s'écarquillèrent.

— Je le fais souvent, oui.

— Tes parents seraient-ils, par hasard, propriétaires de cette auberge ? Ou un autre membre de la famille, peut-être ?

— Oui, comment le savez-vous ?

Haussant une épaule, Charlotte lui adressa un sourire chaleureux.

— Mon père possédait une auberge. Tu me fais penser à moi à ton âge.

Les yeux de Daphne s'arrondirent, semblables à de larges disques.

— Avez-vous déjà eu à... prendre la place de l'aubergiste ?

— Non. S'est-il passé quelque chose ? s'enquit Charlotte.

Roth remarqua la pointe d'inquiétude sur les traits de Charlotte, qui s'empressa de la repousser.

— Papa a glissé dans les escaliers ce matin. Il s'est fait mal au dos et le docteur a dit qu'il devait rester couché pendant au moins une semaine. Maman est chez tante Theo pour l'aider, parce qu'elle a eu un bébé. Mon frère aîné Aaron est parti la chercher, mais il ne sera pas de retour avant demain, expliqua Daphne, qui dut ensuite prendre une grande inspiration avant de poursuivre. Maman fait la plupart des repas, mais Aaron a pris le relais, car il veut devenir chef à Londres. Il était censé s'occuper de tous les repas pendant son absence d'une quinzaine de jours. Mais aujourd'hui, aucun d'entre eux n'est là.

Charlotte hocha la tête avec sagesse.

— Je vois. Que faites-vous pour le dîner ce soir ?

Daphne secoua la tête et fronça les sourcils, sous le poids de l'inquiétude qu'elle éprouvait indubitablement.

— Aaron avait prévu... je ne m'en souviens même pas. Mais lorsque papa est tombé ce matin et qu'ils ont décidé qu'Aaron devait aller chercher notre mère, il a laissé des instructions pour un simple ragoût avec du pain. Seulement Molly, l'aide-cuisinière, n'est là que depuis un mois, et elle ne sait pas comment s'occuper de si grandes quantités de nourriture. Le ragoût sent le brûlé. Je ne peux pas servir aux clients quelque chose comme ça !

En même temps qu'elle parlait, le ton de Daphne était monté, et son débit s'était accéléré. Ses yeux s'étaient également arrondis davantage.

— D'autant plus que l'un d'entre eux est peut-être un comte ! ajouta-t-elle, une réelle détresse dans la voix.

Zut ! Roth avait envoyé un message à l'avance pour réserver sa chambre. Seulement, il était ici en tant que Ludlow maintenant, et non plus en tant que comte de Rotherham.

— Il se trouve que le comte m'a donné sa réservation. J'aurais dû vous le préciser en bas.

Le soulagement se lut aussitôt sur le visage juvénile de Daphne.

— Vraiment ?

— Oui. Vous n'avez donc pas à vous inquiéter de son arrivée.

— Combien de clients avez-vous pour le dîner ? s'enquit Charlotte.

— Dix-huit.

— C'est un nombre important, mais c'est faisable. Si tu me permets de t'aider à la cuisine, j'en serai ravie.

Roth reporta son attention sur Charlotte. Elle allait cuisiner ? C'en était fini de ses projets de longue séduction dans un bain. Roth avait déduit de la question de Daphne et de la manière dont elle l'avait posée qu'un bain serait une contrainte pour elle. Maintenant qu'il connaissait les détails de sa situation, il comprenait pourquoi.

— Vous feriez cela ? demanda la jeune fille, qui ne semblait pas convaincue.

— Certainement. Je sais ce que c'est que d'être confronté à des événements inattendus. Notre cuisinière est tombée de cheval une fois, et nous sommes restés sans elle pendant quinze jours.

Daphne regardait Charlotte comme si elle était un ange envoyé du ciel.

— Alors vous savez exactement comment nous aider. Oh ! Merci, madame Ludlow !

Ce nom fit sursauter Charlotte. Elle se sentait coupable de prétendre être la femme de Roth alors qu'elle ne pourrait jamais endosser ce rôle... s'il voulait même qu'elle le fasse. Elle se rendit compte que sa culpabilité provenait du fait qu'elle ne lui avait pas avoué la vérité. Elle n'en avait jamais parlé à personne, et, pour la première fois, elle était tentée de le faire. Cependant, le risque était tout simplement trop grand.

Et qu'en est-il de l'éventuelle récompense ?

Charlotte ignora la question qui lui venait à l'esprit et se concentra sur le problème le plus urgent : aider Daphne.

— Laisse-moi juste le temps de me laver après la route, et je descends tout de suite.

— Oui, bien sûr. Vous n'avez qu'à traverser la salle à manger, et vous trouverez la cuisine, lui indiqua Daphne, qui se précipita vers la porte avant de se retourner brièvement. Merci infiniment.

Une fois qu'elle fut partie, Charlotte se tourna vers Roth.

— J'espère que tu comprends pourquoi il fallait que je l'aide.

— Comme tu l'as dit, tu t'es reconnue en elle. Ta gentillesse m'inspire. À tel point que je vais venir avec toi.

Elle le regarda, bouche bée.

— À la cuisine ?

— Je suppose que c'est là que l'on fait à manger.

— Mais, que diable vas-tu faire ? demanda-t-elle, secouant la tête. Je veux dire... sais-tu au moins ce qu'il faut faire ?

— Pas tout à fait, mais j'ai déjà mis les pieds dans une cuisine. En fait, j'ai préparé des toasts.

La cuisinière lui avait montré comment faire quand il avait huit ans. Il avait mis cet enseignement à profit quatre fois exactement depuis.

Charlotte porta la main à sa bouche pour étouffer un rire.

— Eh bien, dans ce cas, c'est toi qui t'occuperas du pain, suggéra-t-elle, puis elle inclina la tête sur le côté, retrouvant son sérieux. Es-tu sûr de vouloir faire cela ?

— Si nous voulons passer le plus de temps possible ensemble, il semblerait que je n'aie pas le choix, répondit-il, puis, la voyant grimacer, il poursuivit. Je serai ravi d'apporter ma contribution, quelle qu'elle soit.

— Tu me surprends, murmura-t-elle. Je ne cesse de me demander ce que tu fais avec moi, et voilà que tu me proposes d'aider dans la cuisine d'un relais de poste.

Roth n'aimait pas ce que Charlotte sous-entendait.

— Quoi, tu penses que ce n'est pas digne de moi ? Que… que tu es inférieure à moi ?

— Je suis la fille d'un aubergiste, et tu es un comte. Tu ne peux pas prétendre que nous venons du même milieu ou que nous occupons la même place dans la société.

En fait, il pouvait prétendre beaucoup de choses, mais il comprenait ce qu'elle voulait dire.

— Cela n'a jamais eu la moindre importance pour moi.

Elle croisa son regard, et un silence pesant s'installa entre eux. Finalement, la bouche de Charlotte s'arrondit, et elle murmura :

— Oh !

Ses joues rougirent joliment avant qu'elle se retourne et se dirige vers le dressing.

Roth la suivit, déterminé à faire tout ce qu'il pouvait pour l'aider. Leur temps ensemble étant limité, il en passerait chaque instant avec elle. Même si cela impliquait de devoir travailler dans une arrière-cuisine.

$$\sim$$

*V*êtu d'un tablier gris, Roth avait suivi les conseils de Charlotte qui lui avait recommandé de laisser sa veste à l'étage. Cependant, la chaleur qui régnait dans la cuisine lui faisait regretter de ne pas avoir également abandonné sa cravate et son gilet.

Après avoir discuté avec l'aide-cuisinière, Charlotte annonça :

— Nous ferons des steaks, du poisson en cocotte, du chou, des pommes de terre, du pain, et…, énuméra-t-elle, avant de se tourner à nouveau vers la domestique. Y a-t-il un dessert ?

Aaron a commencé à préparer un pudding qui cuit à la vapeur depuis plusieurs heures.

La servante inclina la tête vers un chaudron posé sur l'un des quatre fourneaux.

— Avez-vous surveillé le niveau de l'eau ? s'enquit Charlotte, s'approchant de la cuisinière.

— Euh, non ?

La servante, une petite femme aux cheveux blond foncé, se tordait les mains.

— C'est bon, Molly. C'est peut-être récupérable, la rassura Charlotte, lui adressant un sourire encourageant. Allez chercher de l'eau pour que je puisse remplir la marmite autour du pudding.

Molly se précipita et Roth rejoignit Charlotte.

— Est-il fichu ? murmura-t-il.

— C'est possible. Dans tous les cas, cela ne suffira pas pour dix-huit convives, alors nous devrons préparer un gâteau. Où en sont tes talents de pâtissier ? l'interrogea-t-elle avec un sourire ironique.

— Je dirais similaires à mes compétences en matière de toasts ? répondit Roth, lui rendant son sourire.

— Il doit y avoir un livre de recettes quelque part.

— Il est ici, dit une nouvelle voix, celle d'un garçon, ce qui incita Roth et Charlotte à se tourner vers la porte de la cuisine qui donnait sur la salle à manger.

Il devait avoir une dizaine d'années et arborait une épaisse chevelure sombre qui avait besoin d'être coupée.

— Sur l'étagère dans le coin.

— Merci, dit Charlotte. Tu es… ?

— Oliver. Ma sœur m'a dit que je devais venir vous aider, expliqua-t-il, puis il fit la grimace et tira la langue. Je préfère travailler dans les écuries, mais elle a dit que l'on avait plus besoin de moi ici. Je ne sais pas pourquoi. Je ne sais pas cuisiner.

— Moi non plus ! s'exclama Roth d'un ton joyeux. Mais je suis capable de suivre des instructions. Et toi ?

Oliver acquiesça, mais d'un air maussade.

Charlotte s'approcha de lui.

— Je te suis reconnaissante d'être ici, Oliver. Comme l'a dit M. Ludlow, il ne sait pas non plus cuisiner. Celui de vous deux qui bougera le plus vite et accomplira le plus de tâches aura la première part de gâteau plus tard.

Oliver plissa les yeux, réfléchissant à son offre.

— Quel genre de gâteau ?

— Je ne sais pas encore, répondit-elle, se tournant vers Roth. Pourrais-tu aller chercher le livre de recettes ?

Roth se dirigea vers le coin pour prendre le livre et le tendit à Charlotte.

— Voilà qui fait une tâche pour moi.

Il lança un regard suffisant à Oliver, espérant que la

promesse d'une compétition l'encouragerait à se montrer plus enthousiaste.

— Pourrai-je choisir le gâteau ? demanda le garçon, arrachant le livre des mains de Charlotte. Cela fera une tâche pour moi.

Il fixa Roth du regard, et releva le menton. Roth réprima un rire et remarqua que Charlotte faisait de même. À sa décharge, elle ne sembla pas contrariée que le garçon s'empare du livre qu'elle tenait dans ses mains.

— Oui, choisis le gâteau, s'il te plaît, lui dit-elle. Nous devrons juste nous assurer d'avoir les ingrédients nécessaires.

— Je n'ai pas besoin de regarder le livre ! s'exclama Oliver. Le gâteau de Savoie est mon préféré.

— Parfait ! Peux-tu regarder s'il y a une recette ?

Oliver se dirigea vers la table de travail au centre de la cuisine et y posa le livre, dont il feuilleta les pages. Molly revint avec l'eau, et Charlotte lui demanda de la verser dans la marmite jusqu'à ce qu'elle soit à moitié remplie.

— L'eau ne devrait-elle pas bouillir ? s'enquit Roth.

Charlotte le regarda, surprise.

— Oui, mais je ne l'ai pas précisé et Molly ne le savait apparemment pas. Tu es en train de démontrer que tu es un cuisinier né, ce qui est bien plus que ce que je peux dire à mon sujet.

— Que veux-tu dire ?

— Je… euh… ce n'est pas dans la cuisine que je brille le plus par mes compétences. Hélas, nécessité fait loi, expliqua-t-elle avec un haussement d'épaules. Nous devrions nous débrouiller.

— Peut-être devrais-tu changer de place avec Daphne, suggéra Roth.

Charlotte secoua fermement la tête.

— Absolument pas. Daphne éprouve sans doute le besoin de prendre les choses en main en l'absence de son père. Je sais que ce serait mon cas. Elle se sentirait coincée dans la cuisine et s'inquiéterait de ce qui se passe en dehors, déclara Charlotte avec un geste en direction de la salle à manger.

— On dirait que tu parles en connaissance de cause.

— C'est le cas.

— Une femme qui aime diriger. Ça me plaît.

Il n'essayait pas de se montrer suggestif, mais il se rendit compte que c'était exactement ainsi qu'il l'avait dit.

Charlotte se contenta de hausser un sourcil.

— Je l'ai trouvée ! s'exclama Oliver.

— Parfait ! répondit Charlotte, qui se plaça à côté du garçon. Peux-tu rassembler les ingrédients ?

Il acquiesça et adressa un regard dédaigneux à Roth. Ensuite, il partit à vive allure, vraisemblablement vers le garde-manger.

Charlotte se tourna vers la domestique.

— Molly, vous allez essayer de préparer le gâteau. Je suis là si vous avez des questions, et vous aurez besoin de me consulter régulièrement, car il y a plusieurs moments cruciaux, notamment la séparation des blancs et des jaunes d'œufs, les blancs à battre, et la combinaison de tous les ingrédients pour s'assurer que tout est bien mélangé.

Molly se mordit la lèvre.

— Cela me semble difficile.

— Cela peut l'être, mais nous allons procéder de façon méthodique, et même si nous sommes un peu pressées, nous ne nous précipiterons pas, la rassura Charlotte, lui tapotant l'épaule. Avez-vous gardé un œil sur le pain ?

— Quel pain ? demanda Roth, balayant la cuisine du regard. Je croyais que c'était mon travail ?

— Nous serions dans de beaux draps si le pain n'était pas

déjà en cours de préparation, répondit Charlotte en riant. Il est par là, il monte à côté du fourneau.

— Comment puis-je battre Oliver si mon travail est déjà fait ? demanda Roth avec une moue moqueuse.

— Il sera bientôt prêt à être cuit, et l'*une* de tes tâches consistera à veiller à ce qu'il ne brûle pas. Pour l'instant, je vais avoir besoin de toi pour éplucher les pommes de terre.

Roth redressa l'échine.

— Oui, m'dame. Où puis-je les trouver ?

— Tu n'as qu'à suivre Oliver. Je vais te trouver un couteau.

Le temps fila à toute allure pendant qu'ils se mettaient au travail, chacun d'entre eux suivant les directives de Charlotte. Daphne passait de temps en temps pour voir comment cela se passait, apportant l'aide qu'elle pouvait.

Oliver aurait voulu saisir les steaks, mais Charlotte lui avait demandé de surveiller le chou pour qu'il ne soit pas trop cuit et ne se réduise pas en bouillie. Le voyant hésiter, la jeune femme lui avait assuré que le chou était une tâche bien plus difficile, et donc plus importante.

Maintenant, elle aidait Roth à déterminer comment assaisonner les steaks avant de les mettre dans des poêles au-dessus de la cuisinière, qui présentait une flamme ouverte par rapport aux fourneaux.

— Mon père les saupoudrait toujours de sel et de romarin, se rappela Charlotte.

— Ton père cuisinait ?

— Pas souvent, et, quand il le faisait, ce n'était que pour nous deux.

Le sourire de Charlotte était si charmant que Roth ne pouvait la quitter des yeux.

— Tu as vraiment de bons souvenirs de lui, n'est-ce pas ?

— Oui, et je dois avouer que, ce soir, tout me revient. Je ne m'étais pas rendu compte à quel point il me manquait, comme tout ça. Enfin, pas la partie cuisine ! ajouta-t-elle d'un ton ironique.

Ils assaisonnèrent les steaks et mirent la première fournée dans les poêles. Roth trouva une pince pour les retourner.

— Combien de temps dois-je les cuire de chaque côté ?

Charlotte inspira brusquement, puis plissa les lèvres, semblant réfléchir à la question.

— Jusqu'à ce qu'ils aient l'air cuits ?

Le rire de Roth fut interrompu quand Oliver poussa un cri de douleur.

Charlotte se précipita vers le garçon.

— Que s'est-il passé ?

Roth se retourna et vit qu'Oliver avait le côté de la main fourré dans sa bouche. Il marmonna quelque chose que Roth ne comprit pas.

— Les accidents nous arrivent à tous, le rassura Charlotte avant de tourner la tête vers Molly, qui s'occupait des pommes de terre. Y a-t-il de l'eau fraîche quelque part ?

— Sur le placard là-bas.

Molly pointa du doigt le mur opposé à celui où Charlotte se tenait avec Oliver.

— Je vais la chercher, proposa Roth, qui se hâta d'aller chercher le pichet.

— Prends également un torchon, lui demanda Charlotte, qui frottait le dos d'Oliver en cercles apaisants.

Roth récupéra le pichet et se tourna pour trouver un linge : il pensait en avoir vu un sur la table de travail. Se déplaçant rapidement, il se cogna dans le pied de la table et perdit l'équilibre. Les pinces et le pichet s'envolèrent tandis qu'il tentait d'amortir sa chute.

Il entendit le pichet d'argile se briser et les pinces s'entre-choquer sur le sol lorsqu'il atterrit sur les mains. La douleur traversa ses paumes et ses genoux, qui heurtèrent également le sol en pierre.

— Est-ce que tu vas bien ?

Il reconnut la voix de Charlotte, et comprit qu'elle avait l'air inquiète.

— Très bien. Désolé pour le pichet.

— Je vais aller chercher de l'eau, proposa Molly.

Roth agrippa la table et s'y appuya pour se mettre debout. Il grimaça en se redressant.

— C'était très inélégant de ma part.

— Maintenant, nous sommes tous les deux blessés, alors ce sera à nouveau équitable, déclara Oliver, visiblement toujours déterminé à remporter la compétition.

Roth ne put s'empêcher de rire, et vit que Charlotte se retenait une fois de plus de sourire. Molly revint avec un autre pichet d'eau, et le posa à côté de la jeune femme. Elle partit ensuite récupérer un chiffon qu'elle lui donna avant de retourner s'occuper de ses pommes de terre.

— Monsieur Ludlow, vous devriez vérifier les steaks.

Roth retint un juron en se rapprochant de la cuisinière. Bon sang ! Les pinces étaient par terre. Il revint sur ses pas, récupéra l'ustensile, puis se figea.

Devait-il nettoyer les pinces ? Elles étaient tombées par terre. Comment les laver ?

— Contente-toi de les essuyer, lui conseilla Charlotte, comme si elle pouvait lire dans ses pensées.

Elle avait mouillé le torchon et le tenait maintenant contre la main d'Oliver, tout en remuant le chou.

— Il y a un autre linge sur l'étagère près des bols, lui indiqua Molly.

Roth tourna la tête et vit de quoi elle parlait. Il alla chercher le chiffon, puis essuya les pinces avant de revenir à ses steaks. Il les retourna, craignant qu'ils ne soient noircis, mais ce n'était pas le cas. L'un d'eux avait l'air… sombre, mais avec un peu de chance, cela irait. Il était convaincu d'avoir déjà mangé un steak qui ressemblait à cela.

Il espérait seulement qu'il aurait bon goût Le *Oak and Ash* était connu pour sa cuisine délicieuse, et il ne voulait pas ternir leur réputation.

Maintenant qu'il savait que les steaks n'avaient pas pris feu, il reporta son attention sur Charlotte et Oliver. Elle lui murmura quelque chose qui fit sourire le garçon. Ensuite, il lui parla de chevaux et de son père.

Les voir ensemble fit sourire Roth. Elle n'était peut-être pas une cuisinière innée, mais elle semblait être née pour être mère.

Le cœur de Roth s'emballa. Il n'avait pas eu l'intention de tomber amoureux une seconde fois. En fait, il luttait activement contre le risque de se faire à nouveau briser le cœur.

Mais, plus il passait de temps avec Charlotte, plus il s'éprenait d'elle. Ce soir-là, dans cette cuisine, alors qu'il la regardait dans son élément s'occuper d'Oliver, Roth avait toutes les peines du monde à refouler complètement ses sentiments.

Et pourtant, il devait le faire. Outre le fait qu'il voulait, qu'il avait *besoin* de se protéger, elle avait clairement dit qu'elle ne voulait pas se remarier.

Le rire de Charlotte interrompit ses pensées. Oliver riait lui aussi. Elle se tourna vers Roth, et leurs regards se croisèrent. Son rire s'estompa, mais son sourire demeura.

Y avait-il la moindre chance qu'elle change d'avis au sujet du mariage ? Oserait-il même lui demander ?

Non. Il ne pouvait pas prendre ce risque, surtout en sachant qu'elle se satisfaisait de sa vie de célibataire. Il avait déjà épousé une femme qui n'avait pas voulu de lui. Il n'avait assurément pas besoin qu'une autre l'épouse alors qu'ils étaient en proie à une attirance passionnée pour, peut-être, le regretter plus tard.

Il devrait se contenter du peu de temps qu'il leur restait. Il s'efforcerait de profiter de chaque instant.

— Roth, l'un des steaks fume plus qu'il n'est sans doute acceptable, l'avertit Charlotte.

Jurant à voix basse, il reporta son attention sur sa tâche en cours. Il sourit malgré tout, car il ne voulait pas que cette soirée se termine.

CHAPITRE 9

Charlotte termina la dernière bouchée de leur dîner tant attendu et faillit soupirer. C'était si bon de pouvoir enfin s'asseoir. Et manger. Elle n'arrivait toujours pas à croire que l'homme assis en face d'elle à table avait passé toute la soirée dans la cuisine d'un relais de poste avec elle.

— Qui aurait cru que j'étais capable de saisir un steak de façon passable ? demanda Roth, s'adossant à sa chaise tout en levant son verre de vin.

Il but une longue gorgée de madère.

— Il était plus que passable.

Charlotte s'essuya les lèvres avec une serviette, puis s'installa confortablement. Elle se saisit aussi de son verre de vin pour en boire une gorgée. Après avoir avalé, elle ajouta :

— C'est peut-être le meilleur madère que j'aie jamais goûté.

— C'est un Terrantez, qui se situe entre le sec et le doux. C'est aussi le madère que je préfère. J'apprécie son goût riche et je trouve qu'il se marie bien avec la viande.

— Tu as l'air d'en savoir beaucoup sur le vin.

Roth haussa les épaules et reposa son verre sur la table.

— Mon père possédait une vaste cave et je suis encore en train de l'explorer.

— Eh bien, le vin est délicieux, tout comme l'était ton steak.

— C'était le romarin, répondit Roth avec un clin d'œil.

Elle rit, puis détourna le regard lorsque Daphne, Molly et Oliver entrèrent dans la salle à manger. Molly portait un plateau avec le gâteau de Savoie, qu'ils avaient décidé de ne pas servir aux clients. Charlotte craignait qu'il ne soit trop cuit, et peut-être même sec. Ils s'étaient débrouillés avec le pudding et avaient trouvé dans le garde-manger des gâteaux datant de la veille.

Molly plaça son plateau sur la table, et Daphne déposa les assiettes et les couverts qu'elle portait. Oliver se glissa sur une chaise à côté de Charlotte et bâilla. Daphne et Molly s'installèrent à table du côté de Roth.

— Tu as travaillé très dur, Oliver, le complimenta Charlotte. Même après t'être brûlé. Je suis fière de toi.

Le garçon lui montra le côté de sa main, où une petite ligne rouge marquait sa peau.

— Cela me fait à peine mal, maintenant.

— J'en suis vraiment ravie.

Dès qu'elle l'avait pu, elle avait trouvé une pommade sur une étagère de la cuisine, et la lui avait appliquée. Par la suite, elle lui avait assigné des tâches plus légères.

— Es-tu prêt pour la première part de gâteau ? lui demanda-t-elle.

Le visage du garçon s'illumina, et il lui lança un regard surpris.

— J'ai gagné ?

— Bien sûr ! confirma Charlotte. Tu as surmonté ta brûlure et tu as continué.

— Mais M. Ludlow est tombé, et il a continué, lui aussi, protesta Oliver en regardant Roth, qui lui souriait.

Ils avaient tissé des liens autour de leurs blessures lorsque le dîner avait été servi aux clients et qu'ils avaient enfin eu un moment de répit.

— Oui, eh bien, une brûlure est pire qu'une chute, dit Roth. Tu as mérité le premier morceau.

— Vous devez avoir le deuxième, insista Oliver.

— Si Mme Ludlow est d'accord, répondit Roth, adressant un regard taquin à Charlotte.

Celle-ci arqua un sourcil en guise de réponse. Lorsqu'elle coupa le premier morceau, elle se demanda si elle s'était trompée au sujet du gâteau. Finalement, il ne semblait pas sec. Elle le posa dans une assiette qu'elle plaça devant Oliver.

Celui-ci prit une fourchette, mais regarda Charlotte.

— Ne vous inquiétez pas, je ne prendrai pas de bouchée tant que tout le monde n'aura pas eu sa part.

— Quelles merveilleuses manières ! s'exclama Charlotte d'un air approbateur, avant de reporter son regard sur Daphne. Tu dois le dire à ton père et à ta mère.

— Oh ! J'ai oublié de vous dire que mon père vous remercie. Il vous est très reconnaissant de votre aide, et il insiste pour que vous ne payiez ni pour la chambre ni pour les repas.

— Voilà qui est extrêmement gentil de sa part, remarqua Roth.

Charlotte lui tendit une assiette avec le deuxième morceau. Plus tard, elle lui dirait qu'ils devaient absolument payer M. Jameson.

Elle coupa un troisième morceau qu'elle glissa également sur une assiette.

— Je suis ravie que les clients se soient montrés aussi compréhensifs.

Daphne prit l'assiette avec un hochement de tête.

— Ils se sont montrés très bienveillants au vu de notre situation. Il y avait une dame dont je craignais qu'elle ne soit contrariée par le fait que nous n'avions pas autant de plats que d'habitude. Mais elle ne s'est pas plainte. Peut-être parce qu'elle était trop occupée à boire le madère.

— Je crois bien que c'était le cas, confirma Roth avec un petit rire. Il est si bon que c'en est presque honteux. À mon avis, nous aurions pu leur servir de la paille de l'étable, et le vin aurait rendu la chose acceptable.

Après avoir servi une assiette de gâteau à Molly, Charlotte se coupa une part, et tout le monde se mit à manger.

Le silence régna pendant un moment, tandis que tout le monde goûtait sa première bouchée.

— Il n'est absolument pas sec, constata Roth, coupant un autre morceau avec le côté de sa fourchette. Il est délicieux.

Molly hocha la tête.

— C'est vrai ! s'exclama-t-elle d'un air étonné.

— Vous avez merveilleusement bien battu les blancs d'œufs, la complimenta Charlotte.

Elle avait pensé que la domestique aurait besoin d'aide, mais Molly avait fait preuve d'une force et d'une agilité surprenantes pour une fille de si petite stature. Elle s'était déplacée dans la cuisine avec rapidité et détermination, prenant de plus en plus d'assurance à mesure que la soirée avançait.

Charlotte croisa le regard de Daphne.

— Veille à dire à tes parents à quel point Molly s'est admirablement bien débrouillée ce soir. Elle représentera un atout pour vous pendant de nombreuses années.

Charlotte sourit à la jeune servante, qui rougit abondamment, puis s'affaira à manger le gâteau.

— Puis-je en avoir une autre part ? s'enquit Oliver.

Roth contemplait l'assiette du garçon.

— Tu as déjà fini ?

— Doux Jésus ! J'aurais dû te dire de ne pas manger si vite, déclara Charlotte. Patiente quelques minutes, et si tu en veux encore à ce moment-là, tu pourras avoir une autre *petite* part.

Elle se serait attendue à ce qu'il proteste, mais il hocha la tête et ramassa une dernière miette à l'aide de sa fourchette.

Molly et Daphne terminèrent leur gâteau, et cette dernière se leva.

— Venez, laissons les Ludlow en paix. Ce sont nos clients, après tout. Oliver, tu peux avoir encore un peu de gâteau à la cuisine, si tu veux. Mais tu dois emporter les fourchettes sales.

Le garçon se leva d'un bond pour faire ce qu'elle lui demandait, et il se précipita vers la cuisine. Molly emporta le gâteau et Daphné ramassa leurs trois assiettes : Charlotte et Roth étaient encore en train de manger.

— Vous lui avez fait forte impression en l'espace d'une soirée, commenta Daphne. J'aimerais que vous puissiez rester.

Elle sourit à Charlotte, puis se retira, les laissant seuls. Une fois Daphne partie, la jeune femme regarda Roth.

— Il faudra que tu paies M. Jameson quand même. Tenir une auberge n'est pas aussi rentable qu'on pourrait le croire, à moins de pratiquer des prix exorbitants, ce que font de nombreux aubergistes.

— Je parierais que ce n'était pas ce que faisait ton père. Roth prit la dernière bouchée de son gâteau et poussa son assiette sur le côté.

— Non, c'est vrai. Pas plus qu'il ne diluait la bière avec de l'eau, ou ne réchauffait la nourriture de la veille. À part les gâteaux, ajouta Charlotte avec un sourire, de peur qu'il pense que c'était mal de la part de M. Jameson de conserver la nourriture de la veille.

— Je les ai trouvés délicieux.

Roth et Oliver s'étaient portés volontaires pour les goûter afin de s'assurer qu'ils seraient acceptables pour les clients.

— Oui, certaines choses peuvent être servies le lendemain, mais réchauffer du poisson, par exemple, est une pratique à proscrire.

Roth fronça le nez.

— Cela n'a pas l'air appétissant. Que faisiez-vous de la nourriture qui n'était pas consommée ?

— Certains soirs, nous faisions de plus grands festins que d'autres, car nos repas étaient généralement basés sur ce qui était disponible dans le garde-manger. C'est un véritable défi que de préparer suffisamment de nourriture pour les clients tout en évitant de trop gaspiller. Ou de gaspiller tout court, en fait. Tout cela affecte les revenus de l'auberge. Voilà pourquoi tu dois payer M. Jameson pour notre séjour, affirma Charlotte.

Elle se rendit compte que cela ressemblait à une exigence, et elle ne pouvait pas, ne *voulait* pas, exiger quoi que ce soit de Roth.

— Ou bien, je peux payer.

— Ciel, non ! s'exclama-t-il, semblant presque horrifié à l'idée qu'elle puisse le faire. Je me demande pourquoi tu n'as pas repris l'auberge de ton père quand il est tombé malade.

— J'étais trop jeune, j'avais à peine dix-sept ans. Et je devais m'occuper de lui. Nous avons déménagé dans une petite maison destinée au vicaire. Il n'y en avait pas à l'époque, et le pasteur nous a invités à y vivre pendant le déclin de mon père.

Les traits de Roth s'adoucirent.

— C'était très gentil de la part du pasteur.

— Il était extrêmement gentil et généreux. Et comme j'avais passé beaucoup de temps avec lui dans le cadre de mes études, il faisait vraiment partie de la famille.

— Ton père a été malin, et bien inspiré, de veiller à ce que tu puisses avoir tout cela. On dirait bien que c'était un homme merveilleux.

— J'ai eu de la chance. Enfin, jusqu'à ce qu'il meure alors que je n'avais que dix-huit ans.

Plus de dix ans plus tard, la douleur de l'avoir perdu était distante, mais elle restait en elle et le resterait probablement toujours. C'était davantage une douleur qu'elle ressentait, plutôt qu'une souffrance profonde et écrasante. Toutefois, elle se rendit compte qu'elle se sentait toujours seule.

— Après cela, je suis allée vivre avec le pasteur, et son principal objectif était de me voir mariée.

— Et c'est ce qui s'est passé, n'est-ce pas ?

Charlotte baissa les yeux sur son assiette et coupa un autre bout de gâteau avec sa fourchette, même si elle n'en voulait plus.

— Oui.

Elle mit le morceau dans sa bouche pour ne pas en dire plus. Que pourrait-elle dire ? Qu'elle s'était éprise d'un gentleman et s'était fiancée à lui pour qu'il meure d'une coupure infectée à la jambe quelques jours avant leur mariage ?

Ce serait tellement formidable de révéler la vérité, mais alors, qu'adviendrait-il d'elle quand elle aurait dévoilé le mensonge qu'avait été sa vie au cours des dix dernières années ?

— Qu'est-il arrivé à ton mari ? l'interrogea Roth, le regard attentif et bienveillant.

Elle brûlait d'envie de se confier à lui, mais à quoi bon ? Elle avala son gâteau et repoussa son assiette.

— Il est mort peu de temps après notre mariage. J'ai décidé qu'il valait mieux repartir à zéro, et j'ai donc déménagé à Birmingham. Qu'est-il arrivé à ta femme ?

Elle posa la question pour détourner la conversation d'elle, mais elle voulait aussi vraiment savoir.

Ce fut au tour de Roth d'éviter de la regarder. Il s'agita sur sa chaise. Avait-elle semblé aussi mal à l'aise quand il l'avait interrogée sur son mari ?

— Je l'aimais énormément, mais elle, euh… ne partageait pas mes sentiments. Elle a souffert d'une courte maladie, dont elle est décédée. Cela a été difficile pour nos filles, mais cela fait cinq ans, et je ne pense pas qu'elles se souviennent vraiment d'elle.

Charlotte trouvait cela triste, mais, avant qu'elle puisse lui exprimer sa compassion, il ajouta :

— Tu aurais dû être mère. Tu sembles faite pour ce rôle.

Les mots qu'il prononça la transpercèrent et l'atteignirent en plein cœur. Sa gorge se noua. Elle ne pensait pas pouvoir parler. Elle bâilla et leva rapidement la main pour couvrir sa bouche.

— Tu es épuisée, constata Roth avant de boire le reste de son vin. Nous devrions aller nous coucher.

— Tu dois l'être aussi, répondit Charlotte. Fatigué, je veux dire. Devons-nous nous lever très tôt pour nous rendre à Hereford ?

— Pas top. Si le temps se maintient, la route devrait être facile.

Charlotte but le reste de son vin, puis se leva. Avant qu'elle puisse prendre son assiette, Roth s'en saisit et l'empila avec la sienne.

— Nous pouvons les déposer dans la cuisine, suggéra la jeune femme.

Il acquiesça et elle le précéda dans le couloir qui menait à la cuisine. Un second couloir donnait sur le premier, et menait au logement de l'aubergiste. Charlotte ne pouvait qu'imaginer à quel point il était difficile pour M. Jameson de rester couché pendant que ses jeunes enfants s'occupaient de tout. Elle aimerait lui dire qu'il devait être fier et qu'il n'avait pas à s'inquiéter.

Daphne était en train d'essuyer la table de travail pendant

que Molly faisait du bruit dans l'arrière-cuisine. Charlotte faillit leur proposer de les aider à terminer le nettoyage, mais elle était vraiment plus qu'épuisée. Roth lui prit son verre de vin et disparut dans l'arrière-cuisine avec la vaisselle.

Jetant un coup d'œil autour d'elle pour voir s'il n'y avait pas une petite corvée dont elle pourrait s'acquitter rapidement, Charlotte remarqua qu'Oliver était affalé sur une chaise près du garde-manger. Il dormait profondément. En souriant, elle s'approcha de lui et elle se demanda si elle devait le porter jusqu'à son lit.

Roth revint et prit la décision à sa place. Il souleva l'enfant dans ses bras et demanda à Daphne à voix basse où il devait l'emmener.

— Je vais vous montrer, dit la jeune fille, qui posa son chiffon et contourna la table de travail.

Croisant le regard de Charlotte, Roth dit :

— Je te verrai à l'étage.

La jeune femme acquiesça et le regarda suivre Daphne dans le couloir. En le voyant bercer Oliver avec tant de soin, et après l'avoir vu pousser et encourager le garçon tout au long de la soirée, Charlotte ne nourrissait aucun doute sur le fait qu'il était un excellent père.

— Avez-vous des enfants avec M. Ludlow ? s'enquit Molly, surprenant Charlotte.

Elle se tourna pour faire face à la domestique.

— Non.

Molly lui sourit largement, révélant un léger écart entre ses deux dents de devant.

— J'espère que vous en aurez. Vous feriez d'excellents parents. Vous êtes si heureux, si gentils et attentionnés. J'espère avoir la chance de trouver un jour un mari comme M. Ludlow, déclara-t-elle avant de retourner à l'arrière-cuisine.

Oui, ils étaient heureux, mais c'était temporaire. Charlotte ressentait le désespoir imminent comme un poids sur sa poitrine. Il menaçait de lui couper le souffle et de l'immobiliser, tant physiquement qu'émotionnellement.

Charlotte aussi aurait espéré trouver un jour un mari comme Roth. En fait, elle l'avait trouvé. Et elle allait devoir le quitter.

Y avait-il *un quelconque* moyen pour elle de l'épouser ? *S'il* désirait l'épouser, ce qui était un détail important.

Les possibilités défilaient dans l'esprit de Charlotte tandis qu'elle montait dans leur suite. Elle devrait tout lui dire… mais que cela impliquerait-il pour la vie qu'elle menait à Birmingham ? Charlotte Dunthorpe cesserait-elle tout simplement d'exister ? Elle ne pouvait pas faire cela. Outre ses amis à qui elle devrait l'annoncer, elle ne pouvait pas simplement abandonner sa maison, en particulier les jeunes domestiques qu'elle aidait et formait.

Tout cela lui semblait bien trop lourd. Trop épuisant. Et si tout le monde la méprisait, et qu'elle se retrouvait vraiment seule ?

Rien de cela ne tenait compte de lord Sleaford. Elle ne pouvait penser au cousin de Sidney sans se rappeler comment il l'avait traitée dix ans plus tôt. Il était arrivé en ville pour le mariage quelques jours avant la mort de Sidney, et Charlotte l'avait rencontré à deux occasions. Les deux fois, Sleaford l'avait regardée de trop près, en particulier sa poitrine, et il avait cherché des raisons de la toucher. Puis, lorsqu'il lui avait rendu visite au presbytère le lendemain de la mort de Sidney pour lui présenter ses condoléances, il lui avait proposé de devenir sa maîtresse.

Horrifiée, Charlotte avait refusé, mais il lui avait affirmé avec assurance qu'elle changerait d'avis et qu'il serait plus qu'heureux de la prendre en charge. Ensuite, il lui avait donné sa *carte*. Comme s'ils venaient d'avoir une conversation ordinaire au sujet d'une quelconque affaire. C'était offensant et dégoûtant. Charlotte avait pris l'argent que Sidney lui avait donné et elle était partie pour Birmingham dès le lendemain.

Elle n'avait pas informé le pasteur de l'endroit où elle allait, lui indiquant seulement qu'elle lui écrirait. Et elle l'avait fait. Elle avait également échangé des lettres avec la cuisinière du *Horse and Harness*. C'était elle qui avait informé Charlotte de la colère de Lord Sleaford lorsqu'il avait découvert que cette dernière avait quitté Newark-on-Trent avec une grosse somme d'argent appartenant à Sidney. Il l'avait accusée de l'avoir volé, mais son fiancé le lui avait donné, ainsi qu'un message détaillant ce qu'il avait fait. Elle avait fourni le billet à Sleaford pour prouver que Sidney avait voulu qu'elle ait cet argent, mais il l'avait accusée de l'avoir falsifié. Et il l'avait ensuite jeté au feu. Avec le recul, elle n'aurait pas dû le laisser le prendre. Ou bien, elle aurait dû demander à son fiancé d'en rédiger un deuxième pour qu'elle le conserve.

Hélas, tout s'était déroulé extrêmement vite : la blessure de Sidney, qui était tombé de cheval et s'était coupé la jambe sur une pierre, et l'infection qui s'était ensuivie. Il était mort en quelques jours, ce à quoi ils ne s'attendaient pas.

Leur plus grande crainte avait été que Charlotte soit enceinte, car ils n'avaient pas attendu la cérémonie de mariage pour consommer leur union imminente. Mais ils n'avaient pas pu se marier entre le moment de sa blessure et celui de sa mort, car le dernier ban n'avait pas encore été lu. Ils avaient aussi ardemment espéré qu'il se rétablirait.

Pourtant, la veille de sa mort, Sidney l'avait convoquée. Il s'était excusé, car il risquait de la quitter, et il avait exprimé son inquiétude quant à son avenir en tant que femme célibataire avec un enfant illégitime. Il lui avait fait promettre de partir loin et de prendre son nom comme s'ils s'étaient mariés. Ensuite, il lui avait confié suffisamment d'argent pour recommencer sa vie et prendre soin de leur enfant. Si elle avait nourri des doutes quant au fait qu'elle avait pu réellement tomber amoureuse de Sidney en si peu de temps, ils avaient disparu après cela.

La menace de voir lord Sleaford s'emparer de l'argent que Sidney lui avait légué, et de les laisser, elle et son enfant à naître, vivre dans la honte et le dénuement, avait poussé Charlotte à partir. Elle prendrait la même décision à présent si c'était à refaire.

Cela faisait déjà plusieurs minutes que Charlotte se tenait à l'extérieur de la suite qu'elle occupait avec Roth. Clignant des yeux, elle entra et se rendit dans le dressing. Dyer avait soigneusement disposé leurs vêtements de nuit. Le valet avait passé sa soirée à aider là où il le pouvait. Il avait porté les valises et les malles des clients, et aidé à mettre la table pour le dîner. Charlotte n'avait pas passé beaucoup de temps avec lui, mais, à l'évidence, il était merveilleux, ce qui ne la surprenait pas, puisqu'il était le valet de Roth.

Alors qu'elle passait ses vêtements de nuit, elle déposa soigneusement ses habits sur l'une des étagères pour éviter qu'ils ne se froissent. Elle ne put s'empêcher de remarquer que les vêtements de Roth étaient d'une qualité supérieure aux siens. Ce n'était qu'une autre démonstration du fait qu'ils évoluaient dans des mondes différents.

Même en faisant abstraction de son passé et de la menace de Sleaford, comment pourrait-elle être comtesse ? Elle avait été idiote de l'envisager.

Bientôt, elle retournerait à Birmingham. Où elle menait une existence tout à fait satisfaisante.

Mais serait-ce toujours le cas après le temps qu'elle aurait passé avec Roth ? Elle ne pouvait pas en être certaine, et cela la remplissait d'effroi.

CHAPITRE 10

*R*oth avait mal au dos à force d'être resté trop longtemps dans la même position, mais il ne voulait pas déranger Charlotte. Elle s'était endormie sur son épaule une heure ou deux plus tôt. Ce qui ne l'avait pas surpris après tout le travail qu'ils avaient accompli la veille au soir. Après avoir discuté avec l'aubergiste, M. Jameson, très reconnaissant de l'aide qu'ils lui avaient apportée, Roth était retourné dans sa suite où il avait trouvé Charlotte endormie. Il n'avait pas voulu la réveiller, alors il l'avait blottie contre lui et l'avait rejointe dans son sommeil.

Mais elle l'avait réveillé tôt ce matin-là, le tirant de son sommeil pour l'entraîner dans un élan de désir. Il n'y avait donc rien d'étonnant au fait qu'elle se soit à nouveau endormie.

Il avait posé sa main sur sa jambe quelques minutes auparavant et il savourait leur connexion physique, comme les autres façons dont ils s'étaient liés. Et il se sentait véritablement… lié à elle. Il ignorait comment il allait pouvoir la laisser partir.

Ils passeraient la nuit prochaine ensemble à Hereford, et,

le lendemain, ses amis arriveraient. Charlotte et lui s'en iraient chacun de leur côté : elle à Birmingham et lui à Wyelands, peut-être pour ne plus jamais se revoir. À moins qu'ils ne se retrouvent à Blickton à l'avenir, car les Cosford étaient des amis communs.

Roth n'était pas sûr de pouvoir supporter de la voir sans être avec elle.

Peut-être pourrait-il s'arranger pour lui rendre visite après la fête à Wyelands. Birmingham n'était pas très excentré de son trajet vers Ludlow Court, où il passerait une quinzaine de jours avec Violet et Rosamund avant de se rendre à Lune Lodge pour sa partie de chasse annuelle… au cours de laquelle il ne chassait pas du tout.

Mais s'arrêter à Birmingham pour voir Charlotte reviendrait à passer moins de temps avec ses filles, ce qui était inacceptable. Peut-être Charlotte accepterait-elle de le rejoindre à Ludlow Court ? Violet et Rosamund l'adoreraient. Après avoir regardé la jeune femme avec les enfants Jameson la veille, Roth en était plus que jamais convaincu.

Cependant, faire venir Charlotte pour qu'elle rencontre ses filles… ce n'était pas une chose que l'on faisait avec sa maîtresse. Surtout quand elle n'était que temporaire.

Il baissa la tête autant que possible sans déranger Charlotte. Il ne pouvait pas voir son visage en entier, mais il profiterait de chaque instant où il pouvait l'observer.

L'idée que leur temps ensemble se résume à quelques heures le torturait. C'était ce dont ils avaient convenu, mais il voulait plus. Il la voulait.

Il l'aimait.

Fermant les yeux, il laissa cette prise de conscience l'envahir. Il avait tout fait pour ne pas éprouver ce sentiment, même lorsqu'il avait su qu'il était trop proche.

Mais il était trop tard. Son cœur était déjà compromis. Le lendemain, il serait dévasté lorsqu'ils se sépareraient. Alors, pourquoi ne pas prendre le risque de lui demander si elle ressentait la même chose ? Parce que le risque était de savoir s'il pouvait se fier à lui-même pour *savoir* si l'amour qu'elle lui portait était réel. Pamela avait prétendu l'aimer alors que ce n'était pas le cas, et Roth s'était complètement laissé berner. Avec un peu de chance, cette fois-ci, il avait été plus circonspect, plus *conscient* de ce qui se passait réellement entre lui et Charlotte.

Toutes ces suppositions étaient sans importance, à moins qu'elle ne l'aime elle aussi et qu'elle ne change d'avis sur le fait de se remarier. Pourrait-elle accepter de devenir sa comtesse ? Elle serait une mère merveilleuse pour ses filles. Il n'avait pas le moindre doute à ce sujet. Et n'était-ce pas ce qu'il désirait le plus ? Être tombé amoureux d'elle n'était qu'une chance inouïe.

D'un côté, il était impatient de lui révéler ce qu'il ressentait, et, de l'autre, il redoutait qu'elle n'éprouve pas les mêmes sentiments. Ou qu'elle prétende l'aimer simplement pour épouser un comte. Sauf qu'il ne pensait pas vraiment qu'elle ferait une chose pareille. Si telle avait été son intention, elle ne lui aurait jamais dit qu'elle ne souhaitait pas se remarier.

La berline s'arrêta dans la cour du *Green Dragon* à Hereford. Roth caressa doucement la joue de Charlotte. Ses cils battirent et elle ouvrit les yeux.

— Nous sommes arrivés, ma chérie, dit-il doucement.

Elle releva la tête, les joues rosies.

— Je m'excuse de m'être endormie sur toi. Je crains d'avoir été trop épuisée pour résister.

— Tu n'as pas besoin de t'excuser. Tu as mérité chaque instant de repos. La nuit dernière a été plutôt intense. Tout comme *ce matin*, ajouta-t-il, lui adressant un sourire diabolique.

Elle rougit davantage.

— Tu aurais dû dormir aussi. L'as-tu fait ?

— Non, j'étais bien trop occupé à te regarder, et à penser à toi. *Et à t'aimer.*

Le cocher ouvrit la portière, et Roth sortit, puis aida Charlotte à faire de même. Elle se tourna face au relais de poste à deux étages avec sa façade à pignon.

— Cet endroit a l'air charmant. Crois-tu qu'il pourrait surpasser le *Oak and Ash* ?

— J'en doute, mais je pense que notre séjour sera plus reposant.

Ils éclatèrent de rire, puis Charlotte prit le bras de Roth alors qu'ils entraient dans l'auberge. Comme la veille, Dyer les suivit avec leurs valises.

Le hall d'entrée du Green Dragon était recouvert de lambris en bois sombre, et peint, comme on pouvait s'y attendre, en vert vif. Un grand tableau représentant un dragon vert ornait le mur à la base de l'escalier.

Une porte voûtée sur la gauche permettait d'accéder à un salon de dégustation de café avec plusieurs tables. Roth passa la tête à l'intérieur et repéra immédiatement un visage familier. Apparemment, l'un de ses amis était arrivé avec un jour d'avance. C'était regrettable, étant donné que lui et Charlotte prévoyaient de garder leur liaison secrète.

Et il était trop tard pour se retirer avant que l'homme, assis à une table, le voie. Son regard croisa celui de Roth ; il se leva et s'avança à grands pas vers eux.

Roth prit une profonde inspiration et se rassura en se disant que tout irait bien. Il adressa un sourire d'excuse à Charlotte.

— L'un des gentlemen invités à la fête est déjà là, l'informa-t-il à voix basse.

Elle regarda derrière lui, et elle blêmit brusquement. Bon sang ! Roth n'avait pas imaginé qu'elle serait *à ce point* bouleversée.

Il posa une main dans son dos, espérant la réconforter autant que possible au vu de leur situation actuelle.

— Permets-moi de te présenter lord Sleaford. Sleaford, voici mon amie, Mme Dunthorpe.

Les narines de Sleaford se dilatèrent, et son regard s'illumina d'une lueur particulière quand il le posa sur Charlotte.

— Madame Dunthorpe, vraiment ? Je la connaissais sous le nom de Mlle Harnessmaker.

— Vous vous êtes rencontrés ? demanda Roth, dont le regard passa de Sleaford à Charlotte, qui était toujours incroyablement pâle.

— En effet, confirma l'homme avec un sourire narquois. Même si dix ans ont passé, je reconnaîtrais ces yeux de menteuse n'importe où.

Des yeux de menteuse ? Mais de quoi diable parlait-il ? Si cela faisait si longtemps que Sleaford l'appelait « mademoiselle », ils avaient dû se rencontrer avant qu'elle ne se marie. Mais comment était-ce possible ?

Roth déglutit et s'efforça d'obliger son pouls à ralentir.

— Comment vous êtes-vous rencontrés ?

Bien sûr, ce fut Sleaford qui répondit.

— Allez-vous le lui dire ? Non, je ne crois pas.

Son regard bleu foncé se fixa sur Charlotte, sa lèvre se retroussa. Sleaford était doté d'un mauvais caractère et d'un penchant pour la méchanceté que Roth n'appréciait guère. En fait, il ne considérait pas vraiment cet homme comme un ami. Cependant, il était celui de Warham, et c'était pour lui que Roth assistait à la fête. Sleaford faisait partie du groupe de quatre personnes qui devait se réunir ici le lendemain.

— Il n'y a pas lieu d'être impoli, affirma Roth, dans l'espoir d'apaiser les esprits.

— Il y a tout lieu d'être *honnête*, persifla Sleaford. Elle a volé mille livres à mon cousin lorsqu'il est mort, puis elle a complètement disparu.

Roth inspira brusquement.

— C'est là une sacrée accusation, Sleaford. Vous devez vous tromper. Je me porte garant de Mme Dunthorpe. Ce n'est pas une voleuse, affirma Roth, gardant sa main sur le bas de son dos.

Elle était raide comme une planche.

— Depuis combien de temps connaissez-vous Mme Dunthorpe ? voulut savoir Sleaford. Sans doute pas quand elle était Mlle Harnessmaker, la fille d'un aubergiste qui avait convaincu un pasteur de l'héberger, avant de s'imposer au premier homme crédule et désireux de se marier qui croisait son chemin ?

Un frisson glacial s'empara de la nuque de Roth. Sleaford semblait en savoir long sur Charlotte. Pendant ce temps, elle persistait à ne rien dire, et à avoir l'air d'avoir été prise en flagrant délit de… vol.

— Racontez-lui, mademoiselle Harnessmaker, comment vous avez volé l'argent de mon cousin et disparu deux jours après sa mort.

— Nous étions censés nous marier, finit-elle par dire, dans un murmure rauque, comme si elle n'avait pas parlé depuis des jours et non des minutes.

— Mais vous ne l'étiez pas. Sidney est décédé. D'une simple coupure à la jambe, vous imaginez ? insista Sleaford, lançant un nouveau regard accusateur à la jeune femme. Je me suis souvent demandé comment il avait pu tomber malade si rapidement. Il semble possible, sinon probable, que vous ayez quelque chose à voir avec cela.

Charlotte en resta bouche bée.

— Vous ne pouvez pas penser une chose pareille ! Je l'aimais ! s'exclama-t-elle, secouant la tête. De toute façon, cela n'a aucun sens. Si j'avais voulu qu'il meure, il aurait sûrement été plus intelligent d'attendre que nous soyons mariés, pour devenir sa veuve.

— Tu n'es pas sa veuve ?

Roth essayait de suivre, mais il était lamentablement perdu. Et désemparé. Elle lui avait menti ? À lui… et à tout le monde ?

— Non.

Elle ne croisa pas le regard de Roth, et, à ce moment-là, il sut que Sleaford disait vrai.

— As-tu vraiment volé mille livres ?

Roth ne parvenait pas à croire qu'elle ait pu faire cela, mais si elle avait vécu une existence mensongère pendant dix ans, qu'avait-elle caché ? Et il refusait de croire qu'elle ait pu avoir quelque chose à voir dans la mort de son fiancé. Mis à part ce qu'elle avait souligné, il la croyait quand elle affirmait avoir aimé cet homme. Son « mari ».

Soudain, il prit conscience qu'elle lui avait menti, qu'elle n'avait jamais été mariée, et Roth eut l'impression d'avoir encaissé un coup de massue.

Charlotte prit une grande inspiration. Ses joues reprirent un peu de couleurs.

— Je n'ai rien volé. Sidney m'a donné cet argent avant de mourir, expliqua-t-elle, cette fois, en le regardant droit dans les yeux et en arborant une expression stoïque. Je suis sincèrement désolée, Roth. Je ne suis pas celle que j'ai dit. Je regrette de t'avoir dupé.

Et voilà : une autre femme qu'il aimait lui avait menti. Une fois encore, il avait laissé ses sentiments obscurcir son jugement. La première fois, il n'aurait jamais dû précipiter les choses avec Pamela. Cette fois-ci, il n'aurait pas dû s'autoriser à tomber amoureux de Charlotte, alors qu'il savait ce qu'il en était.

— Je vais prendre des dispositions pour que tu séjournes dans une autre auberge, dit Roth d'un ton froid.

Charlotte porta la main à sa bouche, et inspira par le nez. Puis, lentement, elle l'abaissa.

— Ce n'est pas nécessaire. Je vais me débrouiller toute seule.

Elle se retourna, mais Dyer n'était pas dans le hall d'entrée, pas plus que leurs valises. Sleaford la contourna pour lui barrer la route vers la porte.

— Vous ne pouvez pas partir ! Pas avant d'avoir remboursé ce que vous avez volé !

La colère de Roth l'emporta sur sa déception.

— Elle n'a pas mille livres dans son réticule, Sleaford ! Laissez-la partir.

Quand Sleaford tendit la main vers Charlotte, Roth empoigna le coude de l'homme et l'écarta.

— Je vous ai dit de la laisser partir.

Sleaford se dégagea de sa poigne, puis ricana.

— Je vais chercher le magistrat. Je ne la laisserai pas s'enfuir à nouveau.

~

Charlotte ne pouvait plus bouger. C'était bien pire que tout ce qu'elle avait imaginé. Elle avait redouté que Roth apprenne la vérité, mais qu'il la découvre ainsi était plus qu'horrible.

Il l'avait regardée avec incrédulité, puis résignation, et enfin déception, avec une dose de dégoût en plus. Elle ne lui en voulait pas. Elle méritait sa colère.

Roth, cependant, ne méritait rien de tout cela. Elle détesta voir la douleur dans son regard, et son expression glaciale.

— Je n'ai pas volé l'argent, affirma Charlotte. Sidney a laissé un mot disant qu'il me le donnait.

Une lueur apparut très brièvement dans le regard terrifiant de Sleaford : de la culpabilité, peut-être ?

— Il n'y avait pas de message, et vous le savez. Mon cousin ne vous aurait jamais donné une telle somme.

— Votre cousin était un homme gentil et attentionné. Il ne voulait pas que je me retrouve seule et sans moyens.

Elle n'éprouvait aucune envie d'exprimer le reste, mais elle se sentit obligée de le faire. Incapable de regarder l'un ou l'autre homme, elle baissa les yeux vers le sol.

— Il voulait s'assurer que je sois protégée au cas où il y aurait un enfant.

— Alors, vous étiez une catin dans l'affaire ! cracha Sleaford.

— Arrêtez, Sleaford.

Charlotte releva la tête pour regarder Roth. Elle ne l'avait jamais entendu parler ainsi, sa voix était sombre et pleine de fureur.

— Nous étions fiancés, dit Charlotte pour sa défense, bien qu'elle ait vraiment envie d'interpeller Sleaford pour son comportement scandaleux.

Comment osait-il la confronter alors qu'il avait tenté de la convaincre de devenir sa maîtresse le lendemain de la mort de Sidney ?

— Y a-t-il eu un enfant ? s'enquit Roth, la voix tendue.

Charlotte secoua la tête.

— Non.

— Alors, vous auriez dû rendre l'argent ! intervint Sleaford. Au lieu de cela, vous avez pris la fuite et vous vous êtes cachée. Les personnes innocentes ne font pas cela. Où étiez-vous ? Quelque part où ce pauvre Roth pourrait vous trouver et se faire duper, comme mon cousin ?

— J'aimais Sidney, et j'aime Roth aussi !

Elle n'avait pas eu l'intention de parler si fort, ni même de clamer son amour pour Roth à l'instant, mais les mots étaient sortis tout seuls de sa bouche. Elle ne s'était même pas encore avoué à elle-même qu'elle l'aimait, et ce n'était certainement pas ainsi qu'elle aurait voulu le faire.

Roth ne la regardait pas.

— Elle vit à Birmingham. Nous nous sommes rencontrés lors d'une partie de campagne.

— Et qui est Dunthorpe ? l'interrogea Sleaford. Un autre bouffon sans méfiance dont vous vous êtes servie ?

— Ce n'est qu'un nom que j'ai pris.

Sleaford lui jeta un regard noir.

— Je présume que vous ne pouviez pas vous servir de Harnessmaker ou du nom de Sidney, Prewitt, de peur d'être démasquée.

— Pourquoi as-tu continué à te cacher ? lui demanda Roth. Après avoir appris que tu n'étais pas enceinte, tu aurais pu rentrer chez toi. Pourquoi ne pas l'avoir fait ?

Plissant les yeux vers Charlotte, Sleaford ricana.

— Parce qu'elle savait qu'elle devrait rendre l'argent qu'elle avait volé. Ne vous laissez pas berner par son histoire grotesque selon laquelle mon cousin lui aurait donné de l'argent pour un éventuel enfant.

Sleaford avait en partie raison. Elle ne pouvait pas rentrer chez elle à cause de ses allégations, et parce qu'il l'aurait probablement forcée à devenir sa maîtresse. Mais la peur qu'il lui inspirait toujours l'empêchait de le dire.

— Dans quelle maison serais-je retournée ? s'enquit-elle avec un rire sec. La seule maison que j'avais connue n'était plus la mienne. Devais-je retourner au presbytère et subir les questions et les rumeurs sur les raisons de mon départ ? Pardonnez-moi si je n'ai pas pu le faire, si j'ai choisi un nouveau départ pour moi sans les fantômes du passé qui me hantent. C'était peut-être le mauvais choix, mais je ne le regrette pas.

Elle refusait de le regretter. Rassemblant une once de courage, elle regarda Sleaford.

— De plus, Sidney m'a *donné* cet argent, et j'en avais besoin pour vivre.

— Je vous donne une semaine pour rembourser les fonds,

annonça l'autre homme avec un sourire condescendant, comme s'il lui faisait une faveur.

Charlotte avait l'impression d'avoir été plongée dans une eau glaciale. Elle ne pouvait absolument pas lui rembourser cette somme. De quoi croyait-il qu'elle vivait depuis dix ans ? Il s'en moquait. Enfin, s'il y avait pensé.

Elle avait de l'argent de côté et elle avait investi, et si elle vendait certaines choses dans sa maison et déménageait dans un logement plus petit, elle pourrait lui payer la moitié maintenant et peut-être faire des versements réguliers pour le reste. Son esprit était en ébullition, ses émotions oblitérant toute tentative de pensée rationnelle. Il fallait qu'elle s'en aille. Où diable Dyer avait-il emporté sa maudite valise ?

— Je ne peux pas faire ça, répondit-elle, alors que les murs semblaient se refermer autour d'elle.

— Dans ce cas, je vous ferai poursuivre en justice pour vol, déclara-t-il avec une jubilation écœurante.

Elle ne doutait pas qu'il soit sincère. Et il réussirait probablement. Il était vicomte, et elle était… une veuve imaginaire.

— Laissez tomber, Sleaford. De toute évidence, votre cousin voulait la protéger, et c'était son argent, il était libre de le lui donner.

— Vous n'avez aucune preuve qu'il le lui a donné ! s'emporta Sleaford.

Roth saisit le coude de Charlotte et l'entraîna à l'extérieur, claquant la porte de l'auberge derrière eux. Il s'écarta d'elle.

— Tu dois partir. As-tu besoin d'aide pour trouver un autre endroit où dormir ?

Elle s'entoura de ses bras, se sentant soudain frigorifiée.

— Non. Mais j'ai besoin de ma valise, et de ma malle, qui est dans la berline.

Roth regarda par-dessus son épaule, en direction des écuries.

— Ma berline peut encore te ramener à Birmingham.

— Non, je ne préfère pas, répondit-elle, tâchant d'établir un contact visuel, mais il refusait de se concentrer sur elle. Je suis sincèrement désolée, Roth. Je voulais te dire la vérité, mais je n'ai pas trouvé comment le faire.

— Promets-moi simplement que tu me dis la vérité en affirmant n'avoir pas volé cet argent.

À cet instant, il lui jeta un coup d'œil, mais il fut bref et cinglant. Les doutes qu'il éprouvait à son égard indiquèrent à Charlotte tout ce qu'elle avait besoin de savoir. Il n'y avait plus d'espoir, même si elle n'en avait pas vraiment nourri. Il serait toujours un comte, et elle serait toujours la fille menteuse d'un aubergiste.

— *C'est* la vérité. Et il y avait une lettre. Mais Sleaford l'a brûlée. J'aurais dû demander à Sidney d'en rédiger une autre, mais je ne pouvais pas prévoir ce qui se passerait. De plus, il était déjà très affaibli, expliqua-t-elle d'une voix presque brisée.

Mais elle ne voulait pas montrer à Roth la profondeur de son désespoir. Celui-ci acquiesça.

— Je veillerai à ce que Sleaford ne te fasse pas poursuivre.

C'était plus que ce à quoi elle s'attendait, et plus que ce qu'elle méritait. Malgré cela, elle ne refuserait pas l'aide de Roth. Elle espérait seulement que Sleaford la laisserait vraiment tranquille.

— Merci.

Quelle horrible manière de mettre un terme à leur merveilleuse liaison ! Mais Charlotte ne voyait pas comment il était possible de sauver quoi que ce soit. Pourtant, elle ajouta :

— Peut-être aurais-je dû te dire la vérité, mais j'espère que tu pourras un jour comprendre que j'essayais simplement de me protéger et de protéger la vie que j'ai bâtie. Des gens dépendent de moi, et je ne pouvais pas…, expliqua-t-elle avant de s'interrompre, car ses raisons n'avaient sans doute pas d'importance aux yeux de Roth. Je suis consciente qu'il doit être difficile pour toi de comprendre le point de vue d'une jeune femme qui n'avait personne pour s'assurer que l'on prendrait soin d'elle. C'est ce que Sidney a essayé de faire pour moi avant de mourir, et je lui en serai éternellement reconnaissante.

Roth ne dit rien ; ses traits étaient impénétrables.

Charlotte ne supportait pas son silence impassible. Tournant la tête vers le haut de la rue, elle remarqua un autre relais de poste.

— Je vais me renseigner sur les possibilités d'hébergement là-bas. Si tu pouvais faire mettre mes affaires de côté, peut-être dans le hall d'entrée, je veillerai à ce qu'on vienne les récupérer.

Sans attendre sa réponse, elle se mit en route vers l'autre auberge. Des larmes lui brouillaient la vue, mais elle les chassa d'un battement de cils.

Qu'allait-elle faire à présent ? Elle ne pouvait pas vraiment espérer retrouver la vie qu'elle menait à Birmingham. Elle allait devoir recommencer ailleurs. Cette fois-ci, elle serait qui elle était vraiment : Mlle Charlotte Harnessmaker.

Une vieille fille solitaire.

❧

*A*près avoir bu ce qui devait être l'équivalent de son poids en vin, Roth s'était effondré dans un sommeil sans rêves. Ce matin-là, il se sentait absolument répugnant, ce qui ne faisait qu'attiser sa colère envers lui-même. Il était impatient de la déverser sur Sleaford.

Roth ouvrit un œil et vit Dyer debout près du lit.

— Bonjour, my lord. J'ai demandé à la cuisinière de préparer mon cocktail de remise en état pour vous.

C'était le breuvage ignoble que Roth devait ingurgiter sur

insistance de Dyer, chaque fois qu'il avait trop bu. Il n'en avait pas souvent eu besoin, mais les rares fois où cela avait été le cas, cette chose l'avait sauvé.

— Oui, grogna Roth. S'il vous plaît.

Il lutta pour s'asseoir et geignit sous l'effort. Dyer lui tendit la tasse. Se pinçant le nez, Roth but le liquide le plus rapidement possible. Il rendit le récipient vide à Dyer et s'enfonça lentement dans les oreillers.

— Vous vous sentirez bientôt mieux. Lord Sleaford a demandé si vous vous joindriez à lui pour le petit déjeuner, mais je l'ai informé que vous le prendriez dans la chambre.

Dyer avait entendu ce qui s'était passé. Il s'était posté sous les escaliers, non pas pour écouter aux portes, avait-il assuré, mais pour rester à proximité, au cas où l'on aurait eu besoin de lui.

Roth ferma les yeux, comme si cela pouvait atténuer le martèlement dans sa tête.

— Il a de la chance que je n'aille pas le chercher pour lui planter mon poing dans la figure.

Sleaford avait opposé une forte résistance à l'insistance de Roth pour qu'il laisse Charlotte tranquille. En fait, Roth n'était pas tout à fait sûr que l'autre homme lui obéirait, mais il l'avait menacé de ruine sociale. Comme il était infiniment plus apprécié que le vicomte, s'il le snobait, ses perspectives mondaines se réduiraient comme peau de chagrin.

— Comment comptez-vous tolérer sa présence à Wyelands pendant la semaine à venir ?

En gémissant, Roth ouvrit les yeux.

— Je ne sais pas.

— Pardonnez-moi, my lord, mais ne croyez-vous pas que vous devriez faire autre chose que d'assister à une autre partie de campagne ?

Dyer l'avait laissé tranquille la veille au soir, mais son

silence sur le sujet de Charlotte était révélateur pour Roth. Le valet attendait pour lui faire part de sa désapprobation.

En temps normal, Roth aurait essayé d'éviter la leçon de Dyer, mais, ce matin-là, il avait besoin de l'entendre. Aussi bouleversé qu'il ait été en apprenant la vérité à propos de Charlotte, Roth n'aurait jamais dû la laisser partir.

Sa colère avait cédé la place à la douleur, et la douleur à l'apitoiement. Ensuite, il s'était abandonné à l'oubli. Ce matin-là, il s'apitoyait encore sur son sort, mais parce qu'il s'était mis dans un état lamentable, pas à cause de Charlotte.

Oui, elle avait menti. Pas seulement à lui, mais à tout le monde. Elle s'était créé une vie, car elle n'avait pas eu d'autre choix. Du moins, c'était ce qu'il semblait à Roth, d'après ce qu'il savait.

Il se tourna vers Dyer.

— Oui, il y a autre chose que je devrais faire. Vous n'avez pas besoin de me convaincre.

— Juste pour être sûr que nous avons la même chose en tête, que devriez-vous faire ?

— Aller voir Charlotte... Mme... peu importe... et m'excuser.

— Je suis soulagé de vous entendre dire cela.

— J'aurais dû lui demander de rester hier soir, déclara Roth en se levant.

— Y a-t-il du café ?

Dyer s'empressa de lui en apporter une tasse.

— Si vous lui aviez demandé de rester, l'auriez-vous ensuite raccompagnée chez elle ? Je dois avouer ne pas avoir compris le caractère temporaire de votre engagement. Il me semble que vous êtes bien assortis. Et je ne vous ai pas vu aussi heureux depuis très longtemps, affirma Dyer, qui se tourna à nouveau vers le lit avant de poursuivre. Ou peut-être même ne vous ai-je jamais vu aussi heureux.

Roth aurait voulu protester, affirmer qu'il ne s'agissait

que d'une liaison, et rien de plus. Mais, la vérité, c'était qu'il *avait été heureux* avec Charlotte. Il l'aimait, et en prendre conscience lui avait procuré une joie intense.

Elle t'aime aussi.

Oui, elle l'avait dit, n'est-ce pas ? Il avait été trop choqué par les révélations sur son passé pour laisser ces mots s'ancrer dans son esprit.

Bon sang ! Il avait tout gâché ! En essayant de protéger son cœur, il n'avait pas vu que celui-ci pouvait avoir tout ce qu'il désirait.

Roth se glissa hors du lit.

— Je dois m'habiller.

— Parfait. Voulez-vous manger quelque chose ? s'enquit Dyer.

L'estomac de Roth se retourna. La mixture que Dyer lui avait servie n'avait pas encore produit tous ses effets.

— Pas encore, et je n'ai pas envie d'attendre. Le café suffira pour l'instant.

— Allez-vous quitter l'auberge ?

— Dès que possible. Je dois retrouver Charlotte.

Dyer se précipita dans le dressing, et Roth le suivit aussi vite qu'il le put. Bon sang ! Il s'était comporté comme un pauvre imbécile !

Une heure plus tard, son humeur s'était totalement dégradée. Quand il était arrivé à l'auberge où Charlotte avait passé la nuit, on l'avait informé qu'elle était déjà partie tôt ce matin-là.

Eh bien ! Il la suivrait. Il pouvait rejoindre Birmingham avant la tombée de la nuit.

Après avoir envoyé une note à Wyelands exprimant ses regrets à Warham, Roth quitta Hereford. Il était parvenu à éviter de voir Sleaford, ce qui était le seul point positif de sa matinée.

À présent, alors qu'il avait devant lui des heures et des

heures pour ruminer dans sa berline, il se remémorait les événements de la soirée précédente et regrettait amèrement sa façon d'agir. Charlotte avait eu l'air si terrifiée, si… piégée. Il imaginait que c'était ce qu'elle avait ressenti dix ans plus tôt, lorsque son fiancé était mort, la laissant célibataire et potentiellement enceinte.

Et ce maudit Sleaford qui la dénigrait pour un comportement commun à bien des gens une fois qu'ils étaient fiancés. Cela n'avait pas été le cas de Roth, mais il l'aurait sans doute fait si Pamela l'avait voulu. Bien sûr, elle n'en avait pas eu envie. En fait, elle n'avait jamais vraiment eu envie de partager un lit avec lui.

Aujourd'hui, cette douleur était moins forte. Peut-être parce qu'il était trop bouleversé au sujet de Charlotte. Ou peut-être était-il prêt à tourner la page sur son ancienne épouse, et à ne plus s'apitoyer sur son sort.

Oui, il avait fait cela pendant bien trop longtemps. Et il s'était assuré qu'il ne trouverait pas le bonheur qui lui avait été refusé, parce qu'il avait eu peur. Se priver d'amour était une perspective ridicule, et, en fin de compte, il avait échoué.

L'amour l'avait quand même trouvé, et il avait énormément de chance. Il ne lui restait plus qu'à espérer qu'il ne soit pas trop tard pour le dire à Charlotte.

Serait-elle en colère contre lui ? Elle devrait l'être. Lui dirait-elle qu'elle ne voulait plus jamais le revoir ? Il ne pourrait pas lui en vouloir. Lui pardonnerait-elle ?

Il l'espérait ardemment.

CHAPITRE 11

Un mois plus tard, Lune Lodge, près de Lancaster

Depuis son arrivée à son pavillon de chasse trois jours auparavant, Roth avait passé son temps à se promener dans la nature, seul, ou à boire à l'excès, presque seul. Son intention était d'éviter la compagnie, mais ses amis qui assistaient à sa fête annuelle n'étaient pas du même avis.

Ils ne cessaient de souligner qu'il semblait morose et de s'interroger sur son état mental, et Cosford était le plus en verve à cet égard. Son inquiétude avait poussé Roth à boire beaucoup trop la veille, et, malheureusement, Dyer n'était pas là pour lui servir son cocktail réparateur.

Ce qui signifiait également qu'il n'était pas présent pour contribuer à alimenter le flot d'inquiétudes. Il s'en était assez bien acquitté au cours des dernières semaines, depuis que Roth n'avait pas réussi à trouver Charlotte.

Il ouvrit les yeux et battit des paupières devant les

tentures du lit au-dessus de sa tête. Il avait besoin d'air frais. Et d'arrêter de boire autant.

Mais comment faire autrement pour gérer la douleur de la perte de Charlotte ? Ou pour faire taire les reproches quasi constants qu'il s'adressait à propos de sa stupidité.

Il se leva du lit et se dirigea vers la commode sur laquelle se trouvaient un pichet et une bassine. Stiles, son fidèle intendant qui vivait à Lune Lodge et entretenait les lieux, gardait les pichets remplis d'eau pour Roth et ses invités.

Après une rapide toilette, il se sentit au moins un peu rafraîchi. L'eau fraîche avait apaisé son mal de tête.

Tout en s'habillant, il repensa à l'horreur du mois qui venait de s'écouler. En arrivant à Birmingham, il avait constaté que Charlotte n'était pas encore rentrée chez elle. Alors, il avait attendu. Pendant cinq jours.

Ensuite, il s'était mis en route pour Newark-on-Trent, se demandant si, par hasard, elle n'était pas retournée dans son ancien foyer, celui où elle avait dit ne pas pouvoir revenir. Elle ne l'avait pas fait. Cependant, les personnes qu'elle avait connues parlaient d'elle en termes dithyrambiques, avec amour et affection, mais également avec une certaine tristesse pour la perte qu'elle avait subie et qui avait précipité son départ.

Il avait séjourné au *Horse and Harness* et s'était représenté Charlotte jeune fille, s'affairant à aider son père et profitant d'une enfance qu'il ne pouvait qu'imaginer. L'auberge était magnifiquement entretenue et tout le monde s'y était montré incroyablement gentil et agréable. Roth savait qu'elle serait fière.

Si elle revenait un jour. Ce qu'elle n'avait pas fait au cours des trois journées de son séjour là-bas.

Ne sachant plus que faire, et parce que ses filles lui manquaient, il était rentré chez lui à Ludlow Court. Voir Violet et Rosamund avait quelque peu allégé son chagrin, mais passer du temps avec elles ne faisait que lui rappeler à quel point Charlotte aurait fait une merveilleuse mère. Les filles l'auraient adorée, et, à présent, elles ne la rencontreraient même pas. Le dégoût qu'il éprouvait envers lui-même atteignait de nouveaux sommets.

Au moment de se rendre à Lune Lodge pour sa fête de chasse annuelle au cours de laquelle il ne chassait pas, il avait failli décider de ne pas partir. Cependant, Dyer lui avait conseillé de surmonter ce qui s'était passé pour le bien de ses filles ; peut-être le séjour à Lune Lodge l'aiderait-il à y parvenir.

Cette suggestion lui avait semblé des plus raisonnables. Roth était donc venu à Lancaster et avait immédiatement compris que la présence d'autres personnes était une très mauvaise idée. Par conséquent, il avait essayé de rester dans son coin.

Et il prévoyait de continuer à le faire. Avec un peu de chance, d'ici quelques jours, il commencerait à se sentir mieux.

Se préparant à affronter l'inquisition et les encouragements s'il croisait quelqu'un, Roth se rendit au rez-de-chaussée. S'il pouvait s'éclipser avant que quelqu'un ne l'aperçoive...

— Bonjour, Roth ! s'exclama Cosford depuis la salle à manger.

Roth s'obligea à s'approcher de la porte, mais ne parvint pas à esquisser le moindre sourire.

— Bonjour.

— Tu veux prendre un petit déjeuner ? J'ai mangé tout à l'heure, mais je savoure une tasse de café. Il n'y a personne d'autre ici, ajouta-t-il, plein d'espoir.

Bon sang ! Cosford essayait d'être un bon ami. Mais Roth ne voulait ni bonté ni amitié. Il ne méritait pas cela. Il méritait de se morfondre. *Seul.*

— Merci pour l'invitation, mais je vais me promener.

Cosford se leva d'un bond de sa chaise.

— Une promenade ? Quelle excellente idée !

Il repoussa ses cheveux noirs de son front, et fit le tour de la table.

Roth avait envie de refuser sa compagnie. Peut-être n'était-il pas prêt à sortir tout de suite. En réalité, il semblait fin prêt pour une promenade, presque comme s'il avait attendu que Roth apparaisse pour cela. Sans doute parce que c'était ce qu'il avait fait ces deux derniers jours.

Roth ne pouvait pas reprocher à son ami d'être malin. Il ne pouvait pas non plus ignorer le regard noisette chaleureux de Cosford.

Ils récupérèrent leurs chapeaux sur un support dans le hall d'entrée et sortirent. La matinée était humide et fraîche, le sol jonché de feuilles. Des branches presque nues se balançaient au-dessus d'eux sous l'effet de la brise. Le calme régnait, et il y avait dans l'air comme un indéniable parfum d'hiver qui s'annonçait.

— Comment te sens-tu aujourd'hui ? s'enquit Cosford.

Il gardait le regard fixé droit devant lui tandis qu'ils suivaient un chemin qui s'éloignait du pavillon. Roth réprima le sentiment immédiat d'irritation déclenché par la question. En guise de réponse, il grogna.

— Pas beaucoup mieux, alors, constata Cosford.

— J'aimerais que tu arrêtes d'insister.

— Savais-tu que Satterfield était parti plus tôt ?

Roth adressa un regard à son ami.

— Je l'ignorais. Que s'est-il passé ?

— Il a pris conscience qu'il était amoureux de la duchesse douairière de Kendal, et il est parti voir s'il n'était pas trop tard pour le lui dire.

Cosford ignorait tout du désespoir et des regrets de Roth, mais cela le frappa en plein cœur.

— Je vois, murmura Roth, qui se sentait franchement mélancolique.

C'était ce qu'il avait essayé de faire avec Charlotte, mais il ne l'avait pas retrouvée. Elle était très douée pour se cacher, comme en témoignait sa capacité à « disparaître » pendant une décennie.

— Je me suis demandé si ta morosité n'était pas également due à des problèmes de cœur.

Roth ralentit jusqu'à s'arrêter net. Il se retourna, et ignora son pouls qui s'emballait.

— Que sais-tu à ce sujet ?

Cosford se plaça face à lui.

— Je sais que Charlotte et toi avez quitté Blickton ensemble, que vous aviez une liaison. Puis-je déduire de ta dépression que tu regrettes que ce rapprochement ait pris fin ?

Ce qu'il ressentait allait bien au-delà des regrets.

— C'est plus compliqué que ça.

Et Roth n'avait aucune envie de l'expliquer. Il se remit à marcher.

— Aussi compliqué que de découvrir que la femme dont tu es peut-être amoureux n'est pas celle qu'elle prétendait être ? lança Cosford, qui n'avait pas bougé.

Roth faillit trébucher, puis il se retourna pour regarder son ami. Son regard chaleureux était encore empreint de gentillesse et d'amitié.

— Comment le sais-tu ?

Les pensées de Roth se bousculaient. Lady Cosford était amie avec Charlotte depuis des années. Avait-elle toujours su la vérité ? Avait-elle présenté Charlotte à tous comme quelqu'un qu'elle n'était pas ?

Cela avait-il une quelconque importance ?

— Elle était à Blickton au cours du mois dernier, avoua Cosford avec une légère grimace. Je n'étais pas censé te le dire. En fait, j'ai juré de ne pas le faire. Cecilia va être furieuse contre moi.

Il croisa le regard de son ami.

— Mais je ne pouvais pas continuer à te voir comme ça.

Pourquoi Roth n'avait-il pas pensé à y chercher Charlotte ? Il passa devant Cosford, bien décidé à partir le plus vite possible. Son ami se hâta de le rattraper.

— Tu vas la voir ?

— Je dois y aller.

— Pour les mêmes raisons que Satterfield.

Roth s'arrêta pour saisir le bras de Cosford.

— Comment va Charlotte ?

— Elle est dans un état similaire au tien. Mais Cecilia refusait catégoriquement que je te dise qu'elle se trouvait à Blickton. On l'accuse parfois de se mêler de ce qui ne la regarde pas, alors qu'elle ne cherche qu'à rendre ses amis heureux, et Charlotte lui a demandé de ne pas intervenir.

— Je suis heureux que tu me l'aies dit. Je lui dois les plus grandes excuses.

Cosford lui adressa un léger sourire.

— Je ne crois pas qu'elle attende cela de ta part. Elle est convaincue que tu es en droit de la mépriser, qu'elle le mérite.

Le cœur de Roth se serra. Penser à la souffrance qu'elle avait endurée lui faisait l'effet d'un couteau planté dans sa poitrine. Elle s'était retrouvée seule, et elle croyait qu'il s'en moquait. Non seulement qu'il s'en moquait, mais qu'il la haïssait.

Tournant les talons, Roth repartit en toute hâte vers le pavillon. Cosford aligna son pas sur le sien.

— Tu vas à Blickton ?

— Sans délai.

— Que feras-tu une fois sur place ?

— Je la supplierai de me pardonner. Et si j'ai la chance qu'elle le fasse, je la supplierai de m'épouser.

Avant, elle ne voulait pas se marier. Pourquoi pensait-il pouvoir la convaincre de le faire maintenant? Tout cela semblait sans espoir.

Pourtant, il allait essayer.

~

Charlotte était rentrée depuis trois jours, mais elle ne se sentait toujours pas à l'aise. Après le mois qui venait de s'écouler, elle n'était pas certaine de pouvoir à nouveau ressentir cela. Ou, en tout cas, pas avant un certain temps. Son séjour à Blickton avec les Cosford et leurs enfants l'avait apaisée, et elle était prête à reprendre le cours de sa vie.

Du moins, si elle n'était pas prête, elle se sentait obligée de le faire. Elle ne pouvait pas éternellement s'apitoyer sur son sort.

De plus, ce n'était pas comme si elle ne savait pas comment se remettre d'une dévastation. Elle s'en savait capable.

Pourquoi, alors, cela lui semblait-il bien plus difficile aujourd'hui que dix ans plus tôt?

Parce qu'elle aimait Roth plus profondément qu'elle n'avait aimé Sidney. Il existait un lien entre eux, et elle en avait été consciente dès leur rencontre. C'était pour cela qu'elle avait lutté si fort pour se protéger de lui. Et pourquoi elle était tombée à ce point amoureuse de lui.

Elle balaya son salon du regard pour voir ce dont elle pourrait se séparer. Peut-être pourrait-elle vendre le bureau à bon prix. Elle pouvait toujours écrire ses courriers à la table du petit déjeuner.

À son retour à Birmingham, trois jours plus tôt, elle avait

été accueillie par une lettre de Sleaford exigeant qu'elle rembourse les mille livres sterling qu'elle avait volées à son cousin. Charlotte prévoyait de rassembler ses économies et de vendre tout ce qu'elle pouvait dans la maison. Elle pourrait ainsi réunir environ la moitié des fonds. Ensuite, elle déménagerait dans une maison plus petite, afin d'être en mesure d'effectuer des paiements échelonnés jusqu'à ce que la somme soit soldée. Cela lui prendrait sans doute le reste de sa vie, et elle serait contrainte de réduire l'effectif de sa maisonnée.

Elle devrait également cesser de prendre des jeunes femmes pour les former au service, comme Hilda, qui était venue à Blickton pendant que Charlotte y séjournait. Elle s'y était parfaitement intégrée, et les Cosford étaient ravis de l'avoir.

— Madame Dunthorpe ?

L'intendante de Charlotte, Mme Atherton, entra dans le salon avec une bougie. Authentique veuve aux cheveux bruns grisonnants, coiffée de son éternel bonnet blanc et animée d'une extrême gentillesse qui allait de pair avec son esprit vif, elle était la raison pour laquelle les jeunes femmes qui venaient se former dans la maison de Charlotte trouvaient le succès ailleurs.

— Je veux dire, mademoiselle Harnessmaker. Un jour, je n'aurai plus à me corriger.

Charlotte avait révélé sa véritable identité à sa maisonnée, et expliqué pourquoi elle avait pris un nouveau nom et s'était fait passer pour une veuve. Cela n'avait posé de problème à aucun d'entre eux ; en fait, ils s'étaient montrés compréhensifs et lui avaient apporté leur soutien. Leur seule préoccupation était de savoir si elle avait l'intention de rester à Birmingham. Si elle les avait rassurés sur ce point, elle n'avait pas évoqué la nécessité de trouver une plus petite maison, ce qui impliquait de chercher de nouveaux postes pour la moitié d'entre eux. Les en informer constituerait la tâche la plus difficile, et elle n'était pas tout à fait prête à l'assumer.

— Ce n'est pas grave, madame Atherton, dit Charlotte en souriant. Avez-vous besoin de quelque chose ?

— Non, j'ai juste vu qu'il y avait de la lumière ici et je me suis demandé si c'était vous.

— Eh oui, c'est moi, répondit Charlotte, qui lut l'inquié-tude sur les traits de l'autre femme à la lueur de la bougie. Je vous remercie d'être venue vérifier. Tout va bien.

Mme Atherton hocha la tête.

— Je suis heureuse de l'entendre. Je sais que cela a été une période difficile pour vous.

L'intendante n'en savait même pas la moitié. Charlotte leur avait parlé de son passé, mais n'avait pas mentionné Roth. Quel était l'intérêt d'en parler ?

— Je suis contente d'avoir un moment avec vous, déclara ensuite Mme Atherton. J'ai négligé de vous informer qu'un visiteur s'était présenté pendant votre absence.

Charlotte s'immobilisa. Sleaford avait-il remis sa lettre en personne ? Avait-il importuné Mme Atherton ?

— C'était il y a un bon moment, il y a un mois environ. Quoi qu'il en soit, le comte de Rotherham s'est présenté, et il a semblé plutôt consterné que vous ne soyez pas là. Il voulait savoir où vous étiez, mais à ce moment-là, je n'en étais pas certaine, car nous attendions votre retour de Blickton.

Roth était venu ici ? Un mois plus tôt ? Cela devait être juste après avoir appris la vérité à Hereford. Le cœur de Charlotte s'emballa, et ses paumes devinrent moites.

Mme Atherton fronça les sourcils et pinça les lèvres.

— Oh, ma chère ! Je vois que je vous ai causé de la peine. Je vous prie d'accepter mes plus sincères excuses pour ne pas m'être souvenue de sa visite. Je m'en veux terriblement.

Charlotte savait qu'à peu près à cette période-là, la sœur

de Mme Atherton avait été malade. Il n'était donc pas surprenant qu'elle ne s'en soit pas souvenue.

— Je ne vous en veux absolument pas. Je vous en prie, ne vous tracassez pas pour cela.

— J'essaierai de ne pas le faire, mais vous savez que c'est plus fort que moi, répondit Mme Atherton, lui adressant un doux sourire. Je vais aller me coucher. Si je peux faire quoi que ce soit, ne serait-ce que vous écouter, n'hésitez pas à me le faire savoir.

— C'est gentil de votre part, dit Charlotte.

Mme Atherton était avec elle depuis l'arrivée de Charlotte à Birmingham. Leur relation était plus profonde que celle d'une employeuse et d'une intendante.

— Bonne nuit.

— Bonne nuit.

Une fois l'intendante à l'étage, Charlotte décida d'aller se coucher elle aussi, même si elle doutait de pouvoir trouver le sommeil rapidement.

Roth était venu la chercher ici ! Pourquoi ? Voulait-il encore la voir ? Devait-elle aller le voir ? Devait-elle lui écrire ? Oublier qu'ils s'étaient rencontrés ?

Charlotte pénétra dans le hall d'entrée, où se trouvait également l'escalier, et elle entendit des bruits de pas à l'extérieur de la porte. Elle s'apprêta à s'assurer que le loquet était bien en place. Un coup frappé à la porte la fit sursauter.

Qui pouvait bien lui rendre visite à près de vingt-deux heures ?

— Qui est là ? appela-t-elle.

C'était la soirée de repos de son valet de pied.

Quelqu'un poussa la porte vers l'intérieur, car apparemment le loquet n'avait pas été enclenché, et une grande silhouette pénétra dans la maison. La peur saisit le ventre de Charlotte, et redoubla d'intensité lorsqu'elle découvrit l'identité de l'homme.

Sleaford la regardait fixement, et ses lèvres se retrous-
sèrent en un horrible sourire.

— Vous êtes enfin de retour. Je savais que ce ne serait
qu'une question de temps, alors j'ai demandé à quelqu'un de
vous surveiller.

Il referma la porte derrière lui. Charlotte recula,
désemparée.

— Vous ne pouvez pas débarquer ici comme ça !

Il retira son chapeau et ses gants, puis les posa sur une
table étroite.

— Je suis venu discuter du remboursement de ce que vous
avez volé. Vous avez reçu ma lettre ?

— Oui, répondit Charlotte, déglutissant avec difficulté. Je
préférerais que nous en parlions pendant la journée. Vous
devrez revenir demain.

À vrai dire, elle n'avait pas du tout envie qu'il soit là, mais
elle voulait également faire tout ce qui était nécessaire pour
qu'il sorte de sa vie.

— Merci, dit-il, d'un ton presque… aimable. Je reviendrai
demain également. Cependant, puisque je suis ici maintenant, discutons de votre plan de remboursement.

Sleaford lui saisit le coude et l'entraîna dans la pièce la
plus proche, qui se trouvait être la salle à manger.

— Lâchez-moi ! s'exclama Charlotte, dégageant son bras
de son emprise.

Il la serra avant de la libérer.

— Mes excuses. Je ne souhaite pas vous perturber.

Elle se frotta le bras, soulagée qu'il l'ait relâchée. Pourtant,
elle avait peur. Comment faire pour qu'il parte ?

— Le fait que vous exigiez le remboursement de l'argent
que Sidney m'a *donné* est perturbant. Votre visite sans
rendez-vous et à cette heure tardive l'est encore plus. Je vous
prie de revenir demain.

Sleaford plissa le front.

— Il semble que vous contestiez toujours la question de savoir si vous devez restituer l'argent. Cela n'est pas discutable. Vous avez volé l'argent. Vous le rembourserez, ou je vous poursuivrai en justice. Il n'y a rien à discuter en dehors des conditions de remboursement, affirma-t-il, s'avançant vers elle. Toutefois, je serais ouvert à un arrangement tel que celui que je vous ai déjà suggéré, en plus d'une somme d'argent. J'ai besoin de fonds et je crains que l'autre arrangement ne suffise pas.

Un arrangement. Qu'il avait suggéré auparavant. Cela ne pouvait signifier qu'une chose. Il attendait d'elle qu'elle devienne sa maîtresse. Cet homme était plus que délirant. La peur de Charlotte prit une tournure sinistre.

— Je ne suis pas intéressée par un quelconque « arrangement ». Je vous demande de partir. Nous pourrons en discuter demain ou après-demain dans le bureau de mon avocat.

Elle n'avait pas d'avocat, mais elle comptait bien en trouver un. Il tendit la main pour toucher son visage, et Charlotte rejeta la tête en arrière.

— Ne me touchez pas ! s'exclama-t-elle.

— Espèce de bêcheuse, dit-il sur un ton légèrement menaçant, en lui attrapant le menton et en lui serrant le bras une fois de plus. Je ferai ce qui me plaît, petite voleuse, et tu me laisseras faire, sinon tu passeras le reste de tes jours dans une colonie pénitentiaire.

La terreur l'envahit. Elle n'avait pas d'autre preuve que sa parole que Sidney lui avait donné cet argent. Et Sleaford, aussi odieux soit-il, était un vicomte. Personne ne la croirait plutôt que lui.

— Je vous rembourserai. J'ai des choses à vendre. Je peux vous donner cinq cents livres dans la semaine.

Il planta son pouce et son index plus fermement dans le menton de la jeune femme.

— C'est un bon début. Cependant, je suis enclin à prendre mon premier paiement ce soir. Où se trouve ta chambre ?

Les larmes brûlaient les yeux de Charlotte. Elle refusait de se soumettre à lui. Affolée, elle releva brusquement le genou et l'enfonça dans l'aine de Sleaford.

La relâchant, il recula en titubant. Charlotte chercha une arme autour d'elle. Son regard se posa sur la cheminée. Malgré sa vision brouillée par l'émotion, elle plongea vers le tisonnier.

Elle en saisit le manche et le brandit en l'air. Et qu'allait-elle en faire ? Le frapper ? Cela ne ferait qu'aggraver ses problèmes.

Vaguement, elle se rendit compte que les gémissements de Sleaford s'étaient arrêtés. Elle cligna des yeux, luttant pour retrouver son équilibre. Il s'avançait vers elle, arborant un masque de rage.

Elle n'allait pas avoir d'autre choix que de le frapper pour se défendre. Et elle devait le mettre hors d'état de nuire si elle voulait avoir un espoir de se sauver. L'effrayer ne suffirait pas.

Ensuite, elle devrait s'enfuir à nouveau, et prier pour qu'on ne la découvre pas, cette fois-ci. Sinon, elle finirait ses jours dans cette colonie pénitentiaire, voire pire.

CHAPITRE 12

Il y avait déjà une berline devant la maison de Charlotte. Roth fronça les sourcils. Peut-être avait-elle un invité. Devait-il attendre son départ ? Vu l'heure, cela ne saurait tarder.

Le véhicule de Roth s'arrêta derrière l'autre. Alors qu'il aurait dû attendre, il se rendit compte qu'il ne pouvait tout simplement pas le faire.

Ouvrant la portière, il sauta à terre et grimpa rapidement les quelques marches menant à la porte d'entrée. Il prit une profonde inspiration pour se calmer, ou du moins essaya-t-il de le faire. Son cœur battait la chamade.

Il hésita. Ce n'était absolument pas une heure idéale pour rendre visite à quelqu'un, surtout s'il était déjà en train de s'amuser.

Puis il entendit un cri et un fracas. *Bon sang !*

Roth poussa la porte et fut content de la voir s'ouvrir sous son poids. Se repérant, il aperçut un mouvement sur la gauche. Il faisait assez sombre, avec seulement une paire d'appliques dans le hall d'entrée et une faible source de lumière à l'endroit d'où provenait le bruit.

Sans hésiter, il se précipita dans ce qui s'avéra être la salle à manger. Deux silhouettes se battaient de l'autre côté de la table. Il en fit le tour à la hâte et vit qu'il s'agissait de Charlotte et d'un homme de grande taille.

— Charlotte ! appela-t-il juste avant de l'atteindre.

Elle pivota et le percuta de plein fouet alors qu'il apercevait enfin le visage de son agresseur : Sleaford.

— Derrière moi, dit Roth d'un ton sombre.

Charlotte se glissa dans son dos, et s'agrippa à son manteau.

— Que diable êtes-vous en train de faire, Sleaford ? s'écria Roth, qui serrait les poings, prêt à frapper si nécessaire.

L'autre homme ricana.

— Rien de tout ceci ne vous concerne, Rotherham. Ayez l'obligeance de sortir d'ici.

L'obligeance ? Roth n'était pas certain de ce qui s'était passé, mais Charlotte était manifestement effrayée et Sleaford était complètement furieux.

— C'est vous qui devez partir.

— Cette femme est sous ma protection, affirma Sleaford, laissant Roth incrédule. J'ai tout à fait le droit d'être ici. C'est vous qui n'êtes pas désiré.

Charlotte intervint derrière Roth.

— Rien de tout cela n'est vrai. J'ai demandé à Sleaford de partir.

— Nous faisons des affaires, ma douce, affirma ce dernier, arborant un sourire malsain.

— Pas ce soir, non, répliqua Roth. Votre présence n'est pas souhaitée, Sleaford. Retirez-vous avant que j'aille chercher le magistrat.

— Mais, je vous en prie, faites. Je pourrai ainsi l'informer que Mlle Harnessmaker m'a volé mille livres, dit-il.

Il pinça ses lèvres minces et son regard se posa sur Charlotte, qui s'était placée à côté de Roth.

— J'avais espéré que nous pourrions éviter de vous envoyer en Australie, mais il semblerait que ce soit votre destin, ajouta-t-il, la vouvoyant de nouveau, comme s'il ne l'avait pas insultée et tutoyée plus tôt.

Roth plaça son bras devant Charlotte, non pas parce qu'il pensait qu'elle se jetterait sur Sleaford, même s'il ne l'en blâmerait pas, mais parce qu'il voulait que l'autre homme sache qu'elle était sous *sa* protection.

— Vous n'avez aucune preuve de quoi que ce soit, cracha Roth. Charlotte affirme que son fiancé lui a donné l'argent, et je la crois. Je suis convaincu que, si nous retrouvons le valet de ce dernier, ainsi que d'autres personnes qui ont connu votre cousin à cette époque, ils soutiendront sans doute le récit des événements fait par Charlotte. J'ai rencontré récemment un certain nombre de personnes charmantes à Newark-on-Trent, qui adoraient cette jeune femme, et qui étaient tristes que son fiancé soit mort. Aucun d'entre eux n'a trouvé étrange qu'elle soit partie pour éviter de se voir rappeler son chagrin d'amour.

— Tu y es allé ? murmura Charlotte.

— Oui, répondit-il d'une voix douce. Je t'expliquerai plus tard.

Sleaford hésita avant de relever le menton.

— Nous verrons bien ce qu'en dira le magistrat, fanfaronna-t-il, mais sa voix contenait une note d'incertitude.

Roth cherchait à les débarrasser définitivement de ce voyou.

— Envoyons donc quelqu'un le chercher. Je suis certain qu'il sera ravi d'apprendre ce que vous avez fait ici ce soir, sans y avoir été invité. D'après ce que j'ai entendu et vu, il me semble que vous faisiez des avances non consenties. En fait, je commence à penser que je devrais vous défier en duel, poursuivit Roth, qui n'osait pas regarder vraiment Charlotte, lui lançant un simple coup d'œil très rapide. T'a-t-il fait du mal ?

— Non, mais il m'a agressée, et a proféré d'horribles menaces.

— Alors, l'honneur exige que je te défende, déclara Roth, qui se tourna ensuite vers Sleaford, plissant les yeux. J'exigerai satisfaction dans les trente prochaines secondes si vous ne partez pas… pour ne plus jamais revenir.

Sleaford bafouilla. Son inaction poussa Roth à agir. S'élançant vers l'autre homme, il empoigna Sleaford par le devant de son manteau. Il le poussa ensuite vers le bout de la table, puis il passa devant lui et le traîna dans le hall d'entrée.

Charlotte était parvenue à s'y rendre également, et elle ouvrit la porte. Roth poussa le vicomte au-delà du seuil et dans la nuit. Sleaford perdit l'équilibre et dégringola les marches.

— Ne revenez pas ! l'avertit Roth. J'ai un pistolet, et, la prochaine fois, je m'en servirai.

Il irait le récupérer dans sa berline dès que l'autre homme serait parti.

— En outre, si vous harcelez à nouveau Mlle Harnessmaker, que ce soit en personne ou en parlant d'elle à *qui que ce soit*, je vous retrouverai et je ferai en sorte que vous ne puissiez plus jamais prononcer le moindre mot. Me suis-je bien fait comprendre ?

— Je…, haleta Sleaford, qui luttait pour respirer. Oui.

— Bien. Maintenant, dégagez de là avant que je fasse appeler le magistrat. Je vais compter jusqu'à dix.

Il commença à compter, et Sleaford se leva d'un bond. Puis il se jeta dans sa berline, et le véhicule se mit en route avant que Roth ait compté jusqu'à dix.

— Roth !

Même s'il voulait se précipiter vers Charlotte, il descendit d'abord vers sa berline où son cocher, qui avait entendu l'échange avec Sleaford, récupérait déjà le pistolet dans la boîte située derrière le siège. Il le tendit à Roth.

— Voilà, my lord. Dois-je rester ici au cas où il reviendrait ? J'ai l'autre pistolet et le fusil, bien sûr.

— Oui, restez ici peut-être trente minutes, ensuite vous pourrez vous rendre aux écuries.

L'homme acquiesça, et Roth revint dans la maison de Charlotte. Il ferma la porte derrière lui et la verrouilla. Elle se tenait dans le hall d'entrée et discutait avec une femme d'âge moyen, qui tenait une bougie. Roth se souvint qu'il s'agissait de son intendante.

— Madame Atherton, vous vous souvenez sans doute de lord Rotherham. Je dois le remercier de m'avoir sauvée d'un ignoble visiteur. Roth, voici mon intendante, mais j'imagine que tu l'as rencontrée il y a quelques semaines.

— Effectivement. C'est un plaisir de vous revoir, madame Atherton. J'espère que vous n'êtes pas trop perturbée par les événements qui viennent de se produire.

L'intendante secoua la tête.

— Je suis heureuse d'apprendre que tout va bien. J'ai cru entendre quelque chose, et je suis descendue quand j'ai entendu des cris. J'aurais dû venir dès que j'ai eu un doute. Je me suis convaincue que c'était Anna, qui avait été surprise par une souris.

Charlotte jeta un regard à Roth.

— Anna est l'une de nos servantes en formation.

Roth cligna des yeux, se sentant un peu confus maintenant que le danger était passé et que son pouls ralentissait.

— L'une de vos quoi ?

— J'accueille chez moi les jeunes femmes qui souhaitent se former au métier de domestique. Elles trouvent ensuite un emploi dans d'autres foyers, ou même dans des auberges.

S'il était surpris d'apprendre cela, Roth n'était pas étonné que Charlotte fasse quelque chose d'aussi utile et généreux.

— Qu'est-ce qui t'a poussée à faire ça ?

— Je savais que j'avais eu de la chance de recevoir cette somme d'argent de Sidney. Je me suis promis de m'en servir pour me soutenir, mais aussi pour venir en aide à d'autres personnes comme moi, des jeunes femmes qui ne bénéficient peut-être pas du soutien de leur famille, ou qui n'ont pas la possibilité de décider de leur avenir.

— Elle a aidé des dizaines de jeunes femmes, intervint Mme Atherton. Nous en avons deux en formation actuellement.

Elle parla d'un ton fier, et sourit chaleureusement à Charlotte.

— C'est principalement grâce à Mme Atherton que nous réussissons dans nos entreprises, affirma Charlotte, exprimant à son tour l'admiration qu'elle éprouvait à l'égard de l'intendante.

— Vous méritez toutes deux d'être félicitées. Vous me donnez envie de faire quelque chose de similaire chez moi, à Londres. Mais j'aurais besoin d'aide. Idéalement, il me faudrait quelqu'un avec de l'expérience.

Il posa sur Charlotte un regard qui exprimait tout l'amour qui éclatait dans son cœur.

— Je vais me retirer à l'étage maintenant, dit Mme Atherton. C'est un vrai plaisir de vous revoir, lord Rotherham.

Roth inclina la tête vers la charmante intendante.

— De même, madame Atherton.

Alors que cette dernière disparaissait vers l'arrière de la maison, où se trouvait sans doute l'escalier des domestiques, Charlotte joignit les mains devant elle et se mordit la lèvre. Elle semblait ne pas savoir quoi dire.

— Y aurait-il un endroit plus… confortable où nous pourrions discuter ? s'enquit Roth. Je suis venu ici pour te parler.

— Oui, bien sûr, acquiesça-t-elle, tournant les talons. J'ai un salon.

Elle le conduisit dans la pièce située derrière la salle à manger, petite, mais bien aménagée et féminine, décorée dans des tons pâles de jaune et de corail avec quelques touches vibrantes de rouge et d'or. Quiconque avait meublé cet espace avait l'œil pour les couleurs, sans pour autant que ce soit trop chargé. Cela convenait parfaitement à Charlotte.

Elle se tenait au centre de la pièce, l'air aussi mal à l'aise que quelques instants plus tôt. Roth s'avança lentement vers elle, mais s'arrêta avant d'être trop près.

— Est-ce que tu vas bien ? Cette situation a dû être effrayante.

Il étudia le visage de la jeune femme et remarqua que son menton était rougi. Il se rapprocha.

— C'est Sleaford qui a fait ça ?

Charlotte posa le bout des doigts sur sa mâchoire, à droite de son menton.

— Il m'a attrapée.

Elle avait affirmé qu'il l'avait agressée, mais Roth n'avait pas vraiment réfléchi aux détails. Tout s'était passé si vite.

— J'aurais dû le défier en duel. Je peux encore le faire.

La fureur l'envahit. Il traquerait Sleaford avant l'aube. En fait, Roth tenait toujours le pistolet que le cocher lui avait donné. Le contact de la main de Charlotte sur sa manche brisa sa rage.

— Je t'en prie, ne fais pas ça. Je crois que tu l'as fait fuir. Du moins pour le moment. J'ai du mal à croire que tu sois arrivé au bon moment, remarqua-t-elle, l'air hébété.

— Je dois remercier le destin, dit Roth avec fermeté.

Il ne voulait pas penser à ce qui aurait pu se passer s'il ne s'était pas précipité ici au retour de Brighton.

— Et c'est *toi* que je vais remercier.

Elle croisa son regard avec gratitude et confiance. Des choses qu'il ne méritait pas après la façon dont il l'avait traitée à Hereford.

Finalement, il était avec elle. Et soudain, il était presque aussi essoufflé que lorsqu'il était entré et l'avait trouvée aux prises avec Sleaford, mais d'une manière tout à fait différente.

— Je t'ai cherchée, expliqua-t-il. Je suis venu ici, et, comme tu ne revenais pas, je me suis rendu à Newark-on-Trent.

— C'est ce que tu as dit, murmura-t-elle. J'ai du mal à croire que tu aies fait ça.

— Je désespérais de te trouver. C'est vraiment une ville charmante, et je pensais tout ce que j'ai dit à Sleaford. Tu y es aimée… et regrettée.

Charlotte renifla et porta la main à sa bouche.

— J'ai besoin de m'asseoir. En chancelant, elle se dirigea vers le canapé jaune pâle orné de fleurs couleur corail.

Roth se précipita pour l'aider, mais elle était déjà sur le coussin. Il s'assit à côté d'elle et posa le pistolet sur une table proche du canapé. Il avait envie de la prendre dans ses bras pour l'apaiser, mais il ne voulait pas la bouleverser. Elle venait de se faire agresser par un autre homme.

— Puis-je te servir quelque chose ? As-tu du cognac ou quelque chose qui pourrait t'aider à te calmer ?

— Cela m'aiderait, merci, répondit-elle, puis elle fit un geste vers un placard. Il devrait y avoir quelque chose là-dedans.

Se levant prestement, Roth se hâta de lui servir un verre de vin. Il espérait qu'il lui ferait du bien. Il le lui apporta et leurs doigts se frôlèrent lorsqu'elle prit le verre.

Charlotte leva les yeux vers les siens et il aurait pu jurer y voir se refléter l'amour qu'il éprouvait pour elle. D'un autre côté… elle avait affirmé l'aimer lorsqu'ils étaient à Hereford, n'est-ce pas ?

— J'ai été si horrible avec toi à Hereford ! s'exclama-t-il, se laissant tomber à côté d'elle, sa jambe frôlant celle de la jeune femme.

Elle but une longue gorgée de son vin, puis le posa sur la table de l'autre côté du canapé avant de lui faire face.

— Tu étais choqué et en colère, comme tu étais en droit de l'être.

— Je n'aurais pas dû te laisser partir. Quel genre d'homme fait cela ? lui dit-il, submergé par la honte de son propre comportement. Je suis allé dans cette auberge le lendemain matin, mais tu étais déjà partie.

— J'ai pris la première berline que j'ai pu.

— Pour Blickton.

— Pour Worcester, en fait. C'est là que j'ai décidé de retourner à Blickton. J'ai envoyé une lettre et Cecilia est venue me chercher à Coventry. Je ne voulais pas rentrer chez moi. De plus, je craignais que Sleaford ne me cherche là-bas.

— Ce qu'il a fait ce soir.

— Il avait quelqu'un qui surveillait la maison, expliqua Charlotte. Je suis rentrée il y a seulement trois jours. J'ai beaucoup de chance que tu sois arrivé à ce moment-là.

Sa respiration se bloqua et il vit qu'elle avait les larmes aux yeux.

— Oh, ma chérie ! Moi aussi, j'ai de la chance. Je t'en prie, dis-moi que je peux te serrer dans mes bras. Dis-moi que je peux t'aimer.

Les yeux de Charlotte s'arrondirent, et une larme roula sur sa joue.

— Tu m'aimes ?

— Plus que je ne l'aurais cru possible. Mais j'avais décidé de n'aimer personne, pas après ma femme, expliqua-t-il.

La douleur qu'il éprouvait habituellement lorsqu'il pensait à elle était pratiquement devenue douce-amère, maintenant.

— J'étais très amoureux d'elle, et je la croyais amoureuse

de moi. Mais, quand elle est tombée malade, elle m'a avoué qu'elle ne m'avait jamais aimé, qu'elle ne m'avait épousé que parce que ses parents avaient insisté pour.

— Elle t'a menti! murmura Charlotte. Pas étonnant que tu ne veuilles plus aimer. Et ensuite… je suis arrivée, et je t'ai menti à mon tour. Je suis sincèrement désolée, Roth.

— Ce n'est pas la même chose, dit-il fermement. Je comprends pourquoi tu as dû mentir. Je sais aussi que tu m'aimes vraiment. Tu le pensais vraiment, quand tu l'as dit à Hereford, n'est-ce pas?

Charlotte se pencha vers lui, et il la prit dans ses bras, la serrant fort.

— Oui, je t'aime *vraiment*. De tout mon cœur.

— Je ressens la même chose, répondit Roth, l'embrassant sur le front alors que l'émotion le submergeait. Je t'aime désespérément. Mais, tout d'abord, je dois te supplier de me pardonner.

Il glissa du canapé, mit un genou à terre, et prit la main de Charlotte, qui secoua la tête.

— Je n'ai rien à te pardonner. C'est moi qui devrais te supplier de *me* pardonner.

— Je n'ai rien à te pardonner non plus. Je suis navré de ne pas avoir pleinement compris ce que tu as vécu à la mort de ton fiancé, et la rapidité avec laquelle tu as dû prendre d'énormes décisions qui allaient affecter toute ta vie, lui dit Roth en souriant. En toute honnêteté, je suis impressionné par ce que tu as fait pour te protéger, et par tout ce que tu as été en mesure d'accomplir par toi-même. Si je ne t'aimais pas déjà, je tomberais très facilement amoureux de toi.

— Tu comprends vraiment, dit-elle d'une voix douce.

— Oui, il m'a simplement fallu un peu trop de temps pour le faire, répondit-il avec une grimace. Je regrette profondément mon comportement à Hereford.

— Ne regardons plus en arrière. Je suis heureuse que tu me croies.

— Je n'ai aucun doute à ce sujet. Il est évident pour moi que tu as choisi la seule voie qui s'offrait à toi, celle que ton fiancé t'a donnée, et je t'en remercie, déclara Roth, serrant la main de la jeune femme. Maintenant, regardons vers l'avenir. Charlotte Harnessmaker, me feras-tu l'honneur de devenir ma femme ? Enfin... si tu as changé d'avis au sujet du mariage.

Il avait bon espoir que ses réticences aient été uniquement dues à son passé, et à ses mensonges nécessaires. S'il se trompait, il serait amèrement déçu, car cela signifierait qu'elle ne désirait vraiment pas se marier.

Un léger sourire ourla ses lèvres bien-aimées tandis qu'elle essuyait ses larmes.

— Je t'ai dit que je ne voulais pas me marier parce que je ne pouvais pas, pas avec ce secret. Comment pourraient-ils lire les bans du mariage d'un comte avec une femme qui n'existe pas vraiment ? J'oublie parfois que tu es comte. Pourquoi diable voudrais-tu m'épouser ?

— Pourquoi diable n'en aurais-je pas envie ? Tu es intelligente, gentille, tu me fais rire, tu apprécies les tableaux *déclencheurs de conversations*, tu adores danser, et tu es très douée pour diriger une cuisine, même si tu n'es pas la meilleure des cuisinières.

Charlotte rit, puis elle se calma rapidement.

— Est-ce ainsi que doit être une comtesse ? Je n'en sais rien, Roth. Je ne voudrais pas être une source de gêne pour toi. Cela arrivera sûrement lorsque tous apprendront ce que j'ai fait.

— Ce ne sera pas le cas. Si Sleaford ouvre sa bouche, son existence telle qu'il la connaît prendra fin. Il ne nous embêtera pas, surtout quand tu seras devenue ma comtesse. Enfin, si tu dis oui.

— S'ils n'apprennent pas ce secret, ils découvriront certainement que je suis la fille d'un aubergiste.

— Probablement, oui, et je m'en fiche. Les gens te rencontreront, t'aimeront, et t'accueilleront au sein de la société. Comment pourraient-ils faire autrement, au vu de tes remarquables qualités ?

— Ton assurance est aussi encourageante qu'intimidante.

Roth serra la main de Charlotte en s'asseyant à nouveau sur le canapé.

— Me feras-tu confiance pour veiller à ta sécurité et à ton bonheur ?

— Qu'en est-il de tes filles ? Et si elles ne m'aiment pas ?

Cherchait-elle des raisons de dire non ?

— Elles t'aimeront autant que je t'aime, affirma-t-il, puis il hésita, le cœur serré. Peut-être ai-je mal interprété les choses. Peut-être souhaites-tu réellement rester célibataire ?

Charlotte posa la main de Roth sur ses genoux, et en caressa le dos.

— J'ai été dévastée par la mort de Sidney. J'étais vraiment très enthousiaste à l'idée d'être sa femme et de devenir mère. Aussi difficile que cela aurait été d'avoir un enfant toute seule en tant que veuve imaginaire, j'ai été à nouveau anéantie en découvrant que je n'étais pas enceinte.

— Mon tendre amour, murmura-t-il. Je suis sincèrement désolé.

Charlotte posa sur lui un regard empreint d'amour, et d'autre chose, qu'il pensait être de l'espoir.

— Avoir la chance de me marier et de devenir mère, c'est bien plus que ce que j'aurais pu imaginer avoir un jour. C'est un rêve qui devient réalité.

— Et, pour moi, trouver quelqu'un qui sera non seulement une merveilleuse mère pour mes filles, mais qui me rendra aussi mon amour, c'est un rêve que j'avais peur de faire.

— Il semble donc que nous soyons complémentaires, affirma-t-elle en souriant, les yeux pétillants. Ma réponse est oui. Je serai ta femme.

Roth l'entoura de ses bras et l'embrassa, d'abord doucement, puis avec toute la passion qui était restée emprisonnée en lui ce dernier mois. Elle fondit contre lui et lui rendit son baiser, ses mains tirant sur ses épaules, avant de s'agripper à sa nuque.

Lorsqu'ils se séparèrent enfin, Roth sourit.

— La première chose que je dois faire, c'est me procurer une bague de fiançailles.

Charlotte éclata de rire.

— La *première* chose ? Je crois que la première chose que tu dois faire, c'est de décider de ce que fera ton cocher une fois qu'il aura mis ta berline aux écuries.

— Tu as sans doute raison, s'esclaffa Roth. Il viendra ici. As-tu une chambre pour lui ?

— Oui. Mais nous allons devoir l'attendre, car c'est le jour de congé de mon valet de pied. S'il avait été présent, il n'aurait pas laissé entrer Sleaford. Et, avant que tu poses la question, j'étais en train de fermer le loquet quand il s'est introduit dans la maison. Je ne commettrai plus jamais cette erreur, ne pas m'assurer plus tôt que la porte est bien verrouillée.

— Je serai là pour te protéger, la rassura-t-il avant de l'embrasser à nouveau.

Quelques instants plus tard, alors qu'ils s'arrêtaient pour reprendre leur souffle, elle déclara :

— Nous allons devoir attendre l'arrivée du cocher pour nous retirer dans ma chambre.

— Voilà de quoi accroître encore mon impatience, répondit Roth avec un sourire en coin suggestif.

Charlotte rit à nouveau.

— Je vais résister à l'envie de vérifier comment se passe

cet... *accroissement*. Passons à la tâche suivante : qu'allons-nous faire demain ? J'imagine que tu voudras rentrer chez toi pour parler à tes filles.

— Nous rentrerons à la maison, à Ludlow Court, pour que tu puisses les rencontrer. Ainsi, les bans pourront être lus dès que possible, affirma-t-il, puis il marqua une pause et pinça les lèvres. Je vais trop vite. Nous n'avons même pas encore décidé du lieu et de la date du mariage.

— Je serais plus qu'heureuse de faire cela dans ta maison, et le plus tôt possible.

— Je suis soulagé de l'entendre, dit-il en souriant.

Il ne pouvait plus s'empêcher de sourire. La joie qui émanait de lui était infinie.

— Je ne sais pas si je veux partir demain, remarqua Charlotte, légèrement renfrognée. Je dois parler aux membres de ma maisonnée. Oh, Roth ! Mais que vais-je faire ? Je ne peux pas les abandonner.

— Il n'y a aucune raison que tu abandonnes cette maison si tu n'y tiens pas. En outre, j'étais tout à fait sérieux dans ce que j'ai dit à Mme Atherton. J'aimerais que vous poursuiviez vos activités de formation à Rotherham House, à Londres. En fait, nous pourrions également proposer la même chose à Ludlow Court, mais tu ne pourras pas être à trois endroits à la fois.

— Non, je ne peux pas, mais Mme Atherton pourrait diriger cette maison, et elle pourrait former d'autres personnes pour gérer tes autres maisons.

— *Nos* maisons. J'ai hâte de te les montrer.

— Je suis impatiente d'aller à Ludlow Court, parce que c'est là que sont Violet et Rosamund. J'avoue être nerveuse à l'idée de les rencontrer.

— Ne le sois pas, la rassura Roth, lui caressant la joue. Elles vont t'adorer. Si Violet voyait ce salon, elle te supplie-rait de rénover immédiatement sa chambre. Et Rosamund se délectera de tout ce que tu voudras bien lui apprendre sur la manière de diriger une auberge. Cela stimulera son imagination débordante. Elle adore jouer à faire semblant.

Charlotte grimaça, et Roth se rendit compte de ce qu'il venait de dire.

— Je ne voulais rien insinuer à ton sujet. Tu as endossé une identité que tu pensais nécessaire à ta survie.

— Je le sais. Mais je te remercie de l'avoir dit. Peut-être devrions-nous partir demain.

— Non, je pense que tu as raison. Il n'y a pas lieu de se précipiter. Et je ne me plaindrai pas de pouvoir profiter d'une nuit de plus ici avec toi avant de partir vers notre avenir.

Charlotte prit le visage de Roth entre ses mains.

— J'aime cette idée. Mais pas autant que je t'aime.

Roth l'embrassa à nouveau, espérant que son cocher ne tarderait pas à arriver.

CHAPITRE 13

Veille de Noël, Ludlow Court

— Tu l'aimes, Mama? demanda Violet Ludlow avec impatience.

Âgée de neuf ans, avec des cheveux blond foncé et de beaux yeux noisette, elle se tenait à côté du fauteuil de Charlotte dans le salon de Ludlow Court.

Charlotte ignorait quand elle s'habituerait à entendre « Mama » de la bouche de ses belles-filles, mais c'était le mot le plus merveilleux qu'elle ait jamais entendu. Lorsqu'elle avait épousé leur père quinze jours plus tôt, elles l'avaient immédiatement appelée ainsi. C'était comme si elles ne s'étaient pas rencontrées seulement le mois précédent.

Roth avait eu raison : elles l'adoraient. Elles l'avaient accueillie à bras ouverts, débordantes d'affection pour elle. Charlotte s'était sentie incroyablement chanceuse.

Le cadeau de Violet, un mouchoir brodé, était magnifique. Violet avait piqué des roses, les préférées de Charlotte, dans les coins.

— Il est presque trop beau pour que je l'utilise, remarqua-t-elle. Mais je le ferai, le plus souvent possible. Merci, Violet. Je l'adore. Mais pas autant que je t'aime.

L'émotion faillit submerger Charlotte. Roth sembla s'en rendre compte, car il posa brièvement sa main sur la sienne.

— C'est mon tour ! s'exclama Rosamund, qui donna un papier à Charlotte.

Celle-ci prit le parchemin avec précaution, et le posa sur ses genoux, par-dessus le mouchoir. Il s'agissait d'un dessin de l'endroit préféré de Rosamund à Ludlow Court : une petite cascade qui se déversait dans un ruisseau étroit. Ils s'y étaient rendus au moins une fois par semaine depuis l'arrivée de Charlotte le mois précédent.

— C'est merveilleux, Rosamund. Je l'adore, la complimenta-t-elle, admirant la façon dont Rosamund avait reproduit l'eau. Tu devrais peut-être prendre des cours d'aquarelle.

— *J'ai* demandé des cours d'aquarelle ! s'exclama Violet.

Roth rit.

— Vous pourrez en suivre toutes les deux. C'est un dessin magnifique, Ros, lui dit-il, puis il regarda Charlotte. Dois-je le faire encadrer pour toi ?

— Oui, s'il te plaît, acquiesça-t-elle.

En souriant, Charlotte posa les cadeaux sur la table à côté de sa chaise, et tendit les bras.

— J'ai énormément de chance d'avoir des filles aussi attentionnées.

Violet et Rosamund se précipitèrent dans ses bras. Si cela avait été le seul cadeau que Charlotte ait reçu, il lui aurait suffi.

— Nous devons nous préparer pour le bal de ce soir, déclara Roth.

Ce n'était pas vraiment un bal, mais ils l'appelaient ainsi pour les filles, surtout pour Violet. Elle était incroyablement enthousiaste à l'idée d'étrenner une nouvelle robe. Rosamund, quant à elle, était plus impatiente de participer à différents jeux.

— Viens, Mama ! lui dit Rosamund, tirant Charlotte par la main.

Cette dernière se leva.

— J'arrive dans un instant. Je dois discuter de certaines choses avec Mme Mallon.

C'était l'intendante, et Charlotte l'avait tout de suite appréciée. Mme Mallon s'était montrée très curieuse au sujet de son programme de formation, et elle avait même passé une semaine à Birmingham avec Mme Atherton, pour voir comment elle s'y prenait avec les jeunes femmes auxquelles elle enseignait.

À son retour, l'intendante avait élaboré un plan prévoyant que la femme de chambre en chef et elle-même superviseraient la formation des jeunes femmes du district. À compter de la nouvelle année, Charlotte poursuivrait ses démarches auprès des presbytères et des foyers de pauvres de la région afin de créer un parcours pour les jeunes femmes dans le besoin.

Les filles quittèrent le salon en sautillant, laissant Charlotte seule avec son mari. Elle n'arrivait d'ailleurs toujours pas à croire qu'il était son *mari*.

Sa gorge se serra soudain, et elle laissa échapper un halètement avant de plaquer une main sur sa bouche.

— Ma chérie, qu'y a-t-il ? s'enquit Roth, qui se leva et la prit dans ses bras.

— Je suis simplement un peu dépassée. Dans le bon sens du terme. Je n'aurais jamais imaginé que ce serait ainsi que je passerais mon Noël cette année. Tout juste mariée. À un comte. Avec des enfants, expliqua-t-elle, puis elle renifla.

— Jamais je n'aurais imaginé cela non plus. Cependant,

une femme charmante m'a dit qu'elle espérait que je trouverais une comtesse d'ici la nouvelle année.

Il parlait d'elle, bien sûr, car elle avait fait ce commentaire le jour de leur rencontre à la partie de campagne.

— C'est Cecilia qu'il faut remercier pour cela, lui dit Charlotte. Si elle ne nous avait pas conviés tous les deux à cette partie de campagne, nous ne nous serions jamais rencontrés.

Les Cosford étaient venus au mariage, bien sûr, ainsi que la famille de Roth, y compris sa mère, son frère et sa belle-sœur, et leurs trois enfants. De vieux amis de Charlotte, originaires de Newark-on-Trent, étaient également présents, notamment des personnes qui avaient travaillé au *Horse and Harness*, ainsi que le pasteur et sa femme. Tous avaient été ravis d'être témoins du bonheur de Charlotte, et ils avaient promis de parler en son nom si jamais lord Sleaford décidait d'entamer une procédure judiciaire au sujet de l'argent que lui avait donné Sidney.

Sauf que Roth lui avait assuré à plusieurs reprises qu'il n'en ferait rien. Sleaford n'était pas assez fou pour s'en prendre à la femme d'un comte.

Charlotte se recula légèrement pour regarder Roth.

— Je voulais te demander si tu avais eu des nouvelles de Sleaford, même si je déteste parler de lui un jour comme aujourd'hui.

— En fait, j'ai reçu une lettre ce matin. De son secrétaire, ajouta Roth avec un sourire en coin. Ce butor n'a même pas eu le courage de rédiger sa propre correspondance à ce sujet.

— Que disait ce courrier ?

Charlotte voulait être sûre que les accusations et les attaques de Sleaford étaient derrière eux.

— Il nous a félicités pour notre mariage, et a exprimé sa confiance dans le fait que notre mariage serait long et paisible. Il nous a souhaité beaucoup de bonheur.

— Alors, il ne me tourmentera plus ?

Il ne l'avait pas fait depuis que Roth l'avait mis à la porte de sa maison à Birmingham.

— Il serait idiot d'essayer, et il le sait. Non, je dirais que nous n'entendrons plus jamais parler de Sleaford à l'avenir.

— Mais, tu le verras à Londres, au sein des Lords, à tout le moins.

— Je le verrai, mais je ne lui parlerai pas. Il aura de la chance si je ne le fracasse pas à coups de poing la prochaine fois que je poserai les yeux sur lui.

— Merci de m'avoir protégée de lui.

Charlotte lui embrassa la joue et commença à s'éloigner, pour aller parler à Mme Mallon de l'ordre des événements de la soirée.

— Un instant, dit Roth, la serrant fort contre lui. Je ne t'ai pas donné ton dernier cadeau.

— Mais, tu m'as déjà offert un cheval !

Charlotte était légèrement nerveuse à l'idée d'apprendre à monter, mais elle était déjà amoureuse de l'animal.

— C'est quelque chose d'un peu plus personnel.

Il s'éloigna d'elle et traversa la pièce. Il sortit de derrière une chaise un objet enveloppé dans du papier. Lorsqu'il le lui apporta, elle se rendit compte qu'il s'agissait d'un tableau.

— Qu'est-ce que c'est ?

— Ouvre, et tu verras.

Il le posa sur le canapé où ils étaient assis auparavant, l'appuyant contre le dossier. Charlotte dénoua avec précaution la ficelle qui retenait le papier, et repoussa l'emballage. C'était un paysage. Pas n'importe quel paysage, mais un paysage *déclencheur de conversations*.

Elle haleta, puis éclata de rire.

— Où as-tu trouvé ça ?

— Auprès du cousin de Cosford, bien sûr. Je lui ai demandé de peindre quelque chose près d'une rivière, car c'est là que nous nous sommes embrassés pour la première fois.

En effet, il s'agissait d'un magnifique paysage représentant une rivière avec de l'herbe et des arbres au premier plan. Le savoir-faire de l'artiste s'était amélioré depuis qu'il avait réalisé le tableau accroché dans la salle des paysages de Blickton. Contre l'un des arbres était adossée une femme. Ses jupes étaient relevées jusqu'à la taille et ses jambes entouraient un homme dont la tête était penchée vers son cou où il l'embrassait.

Charlotte fut aussitôt transportée vers ce jour où, dans la salle des paysages, elle avait désespérément eu envie que Roth l'embrasse.

— Je l'adore ! Où allons-nous l'accrocher ?

— Je pensais à notre dressing.

— Derrière la porte ?

Roth lui sourit.

— Parfait.

Inclinant la tête sur le côté tandis qu'elle étudiait le tableau, elle se demanda à haute voix :

— Pourquoi ai-je soudain envie d'aller me promener non loin d'un arbre ?

Roth gémit en la ramenant dans ses bras.

— Ne me tente pas. Hélas, nous allons devoir nous contenter d'un savoureux baiser et d'une promesse pour plus tard.

— Voilà qui ne « règle » rien du tout, constata Charlotte. C'est plus que ce dont j'ai toujours rêvé.

ÉPILOGUE

Beckford, été 1806

*R*oth aida ses filles à descendre de la berline dans la cour du *Oak and Ash*. Il prit ensuite son fils de presque dix-huit mois des mains de Charlotte avant de l'aider à descendre à son tour.

Elle tendit les bras vers James, mais Roth secoua la tête.

— À mon tour.

En riant, elle inclina la tête.

— Merci.

Elle tendit la main à Rosamund. Violet avait récemment décidé que tenir la main était réservé aux *enfants*.

— Venez, vous allez faire la connaissance de la charmante famille Jameson.

Depuis leur dernière visite à l'auberge, Roth avait correspondu avec Archibald Jameson. Cette relation avait évolué vers une association professionnelle lorsque Roth avait investi dans des travaux d'amélioration de l'auberge. Et maintenant, Archie allait s'agrandir en ouvrant une deuxième auberge à Cheltenham, avec le soutien financier de Roth.

Jamais ce dernier n'aurait imaginé se lancer dans l'activité d'aubergiste, mais c'était quelque chose qui comptait beaucoup pour lui, et pour sa femme bien-aimée.

Daphne, qui avait maintenant dix-sept ans et ressemblait davantage à une jeune femme qu'à une fille, sortit en hâte de l'auberge.

— Bienvenue ! s'exclama-t-elle, arborant un large sourire.

Charlotte présenta les filles à Daphne, puis elle la serra fort dans ses bras.

— Tu es devenue une magnifique jeune femme, Daphne, la complimenta-t-elle d'une voix douce.

— C'est Roth ! s'exclama Oliver, à présent âgé de quatorze ans, sortant en courant de l'auberge.

Il revenait de l'école, que Roth avait financée avec enthousiasme. Il avait dû batailler pour convaincre Archie de le lui permettre, mais cela avait été le début de leur association plus étroite.

Roth passa un bras autour du garçon et l'étreignit.

— Juste ciel ! Tu es très grand ! Oliver, voici mon fils James.

James laissa échapper un « Bah ! » sonore, puis il éclata de rire.

— Allez-vous lui apprendre à saisir les steaks ? s'enquit Oliver.

Roth s'esclaffa.

— Pas avant un certain temps. Comment va Aaron ?

Roth avait invité le jeune homme à Ludlow House pour travailler avec sa cuisinière française. Aaron travaillait désormais à Londres, dans un club pour gentlemen.

— Je pense qu'il est heureux. Il est trop occupé pour

écrire, et je dois avouer que je ne suis pas un très bon corres-
pondant.

— Tu t'amélioreras. Je me souviens ce que c'était que
d'avoir quatorze ans. Et vingt, comme ton frère.

— Allez-vous laisser lord Rotherham et sa famille entrer ?
s'enquit Archie Jameson depuis la porte d'entrée de l'auberge.

— Oui, bien sûr ! répondit Daphne, leur faisant signe
d'entrer.

Roth remarqua que Violet s'était rapprochée de Daphne ;
elles commencèrent à discuter de manière animée. Il n'était
pas surpris que sa fille de douze ans soit fascinée par une
jeune femme de dix-sept ans. Laissant tout le monde le
précéder, Roth s'approcha d'Archie et secoua la tête.

— J'ai du mal à croire que nous ne nous sommes pas
revus depuis notre rencontre. Grâce à notre correspondance,
j'ai l'impression que c'est beaucoup plus récent.

— Je suis d'accord. Je suis ravi que vous puissiez m'accompagner à Cheltenham avant que nous finalisions l'achat.

— Avec plaisir. J'avais besoin d'une excuse pour revenir.
Ma femme et moi gardons d'excellents souvenirs du *Oak
and Ash*.

Roth entra dans le hall d'entrée tandis qu'Archie fermait
la porte en riant.

— Travailler toute la soirée pour nourrir mes clients, c'est
un bon souvenir ? Cela signifie-t-il que vous allez prendre en
charge la cuisine ce soir ?

Ce fut au tour de Roth d'éclater de rire.

— Peut-être pas, mais nous sommes toujours prêts à aider
si vous en avez besoin.

— C'est véritablement un plaisir de vous voir, my lord,
ajouta Archie.

— Appelez-moi Roth. Si c'est assez bien pour Oliver, ça
l'est aussi pour vous.

Archie leva la main.

— Vous n'avez pas tort. Pourquoi n'iriez-vous pas vous installer ? Ensuite, nous pourrons prendre un verre dans le salon.

— Parfait.

Roth suivit sa famille à l'étage, dans une suite de trois pièces : une chambre pour les filles, un salon, et une chambre pour Charlotte, lui, et, bien sûr, James.

— Avez-vous vraiment dirigé l'auberge une soirée ? s'enquit Rosamund, qui entreprit de s'asseoir sur tous les sièges du salon.

Elle aimait trouver l'endroit idéal.

— Oui, nous l'avons fait, confirma Charlotte. Vous auriez dû voir votre père faire du pain et saisir des steaks !

— Et tomber, et casser une cruche, ajouta Roth.

Il posa James sur le sol, et le petit garçon se dirigea d'un pas chancelant vers sa mère.

— Papa, tu n'as pas fait ça ! s'exclama Violet d'un air horrifié.

— Oh, que si ! C'est votre mère qui a été la véritable héroïne. Elle a veillé à ce que tout se déroule sans accroc.

— Comme elle le fait tous les jours, constata Rosamund, s'installant dans un grand fauteuil moelleux près de l'âtre.

— Effectivement.

Roth n'aurait pas pu être plus reconnaissant de la présence de Charlotte, du partenariat qu'elle formait avec lui, et surtout, de l'amour qu'elle lui portait. C'était la vie dont il avait rêvé.

Charlotte prit James dans ses bras et posa son nez contre le sien, faisant glousser leur fils. Roth s'approcha d'eux, et déposa un baiser sur le sommet du crâne du petit, tout en plongeant ses yeux dans ceux de sa femme.

— Merci, murmura-t-il.

— Pour quoi ? demanda-t-elle avec un sourire perplexe.

— Pour tout.

. . .

Prochainement : *Le Phœnix Club* !
L'invitation la plus exclusive de la bonne société…
Bienvenue au *Phœnix Club*, où les ladies et gentlemen les plus
audacieux, les moins recommandables et les plus intrigants
de Londres trouvent scandale, rédemption et seconde
chance.

Inconvenant (Improper)
Découvrez ce qui se produit lorsqu'un tuteur aux mœurs
dissolues doit redorer son blason pour lancer sa jeune pupille
très convenable dans la société et qu'il découvre qu'elle est en
réalité une véritable diablesse…

Si vous voulez savoir quand mon prochain livre sera disponible et être averti des ventes spéciales, inscrivez-vous à ma
newsletter en anglais sur https://www.darcyburke.com/join
ou en français https://darcyburkefrancais.com/newsletter/
et suivez-moi sur les réseaux sociaux :

Facebook: https://facebook.com/DarcyBurkeFans
Instagram darcyburkeauthor

**Vous aimez les romans Régence ? Découvrez mes autres
séries historiques :**

Les Insaisissables
Laissez-vous charmer par les douze célibataires les plus

séduisants et les plus insaisissables de la société, ainsi que par les jeunes filles discrètes et marginales qui les font chavirer !

Les Insaisissables : Les Imposteurs
Au cœur de l'univers captivant des *Insaisissables*, suivez la saga d'une fratrie de trois enfants qui excellent dans l'art d'être ce qu'ils ne sont pas. Un intrépide coureur de Bow Street, un vicomte anéanti et une demoiselle de la société désabusée peuvent-ils dévoiler leurs secrets ?

Il y a de l'amour dans l'air
Des contes de Noël classiques réconfortants (écrits après la Régence !) revisités au temps de la Régence, mettant en scène un village chaleureux, une fratrie de trois enfants, et le plus beau des cadeaux : l'amour.

Le Club des ducs fringants
Six livres écrits avec ma meilleure amie, Erica Ridley, auteure de best-sellers du New York Times. Rencontrez les hommes inoubliables de la taverne la plus célèbre de Londres, *Le Duc fringant*. Beaux, attirants, charmants et pleins d'esprit, une nuit avec ces séducteurs et voyous ne sera jamais suffisante…

J'espère que vous accepterez de laisser un avis sur le site de votre boutique en ligne ou de votre réseau préféré ! J'aime tellement mes lecteurs. Merci beaucoup!
xo,
Darcy

DU MÊME AUTEUR

Une capitulation secrète

Une scandaleuse aubaine

Un voyou à briser

Le Phœnix Club

Invitation

Inconvenant

Impétueux

Intolérable

Indécent

Impossible

Irrésistible

Impeccable

Insatiable

Il y a de l'amour dans l'air

Le Comte flamboyant

Le Cadeau du marquis

La Joie du duc

Le Club des Ducs Fringants

Une nuit de séduction par Erica Ridley

Une nuit d'abandon par Darcy Burke

Une nuit de passion par Erica Ridley

Une nuit de scandale par Darcy Burke

Une nuit d'adieu par Erica Ridley

Une nuit de tentation par Darcy Burke

À PROPOS DE L'AUTEUR

Darcy Burke est l'auteure à succès USA Today de romance sexy, sentimentale historique et contemporaine. Darcy a écrit son premier livre à 11 ans, une fin heureuse entre un cygne accro à la magie et une femelle cygne qui l'aimait, avec des illustrations extrêmement pauvres.

Native de l'Oregon, Darcy vit en bordure des vignes avec son mari guitariste, une fille artiste d'un incroyable talent, et un fils débordant d'imagination qui écrira sans doute un jour mieux qu'elle (et peut-être dès demain). Ils forment une famille-à-chats un peu folle, avec deux bengals, un petit chat en quête de notoriété qui porte le nom d'un fruit, un vieux maine-coon rescapé plutôt arrogant, et une collection de chats du voisinage qui trainent sur la terrasse et entrent quelquefois. Vous trouverez Darcy au chai, dans son confortable fauteuil d'écrivain avec son portable et un ou trois chats sur les genoux, en train de plier son linge (ce qu'elle adore), ou encore devant le télévision avec sa famille. Ses havres de bonheur sont Disneyland, le week-end du Labor Day au Gorge, Le Danemark et partout au Royaume-Uni – tant que sa famille y est aussi. Retrouvez Darcy en ligne à https://www.darcyburkefrancais.com et suivez-la sur ses réseaux sociaux.

www.ingramcontent.com/pod-product-compliance
Lightning Source LLC
Chambersburg PA
CBHW050334110726
47899CB00007B/2498